D1093866

EL LIBRO DE LOS SENTIMIENTOS PARA NIÑOS

Barcelona • Madrid • Bogotá • Buenos Aires • Caracas • México D. F. • Miami • Montevideo • Santiago de Chile

TEXTOS DE
Jesús Ballaz

ILUSTRACIONES DE
Marta Montañá

EL LIBRO DE LOS SENTIMIENTOS PARA NIÑOS

A Jan, Ibai, Nil y Tiago que aún están aprendiendo que no hay que tener miedo a los tiburones voladores.

JESÚS

A Jordi, Martí y Pere, mis tres estrellas, que iluminan mi universo con buenos sentimientos.

MARTA

A Alba y Lara que creen en la magia de los sentimientos.

ROSA

1.ª edición: noviembre 2014
2.ª reimpresión: diciembre 2015

© 2014, Jesús Ballaz, por los textos
© 2014, Marta Montañá, por las ilustraciones
Idea original: Rosa Moya
© Ediciones B, S. A., 2014
Consell de Cent, 425-427 - 08009 Barcelona (España)
www.edicionesb.com

Printed in Spain
ISBN: 978-84-15579-99-1
DL B 20049-2014

Impreso por EGEDSA

Todos los derechos reservados. Bajo las sanciones establecidas en el ordenamiento jurídico, queda rigurosamente prohibida, sin autorización escrita de los titulares del *copyright*, la reproducción total o parcial de esta obra por cualquier medio o procedimiento, comprendidos la reprografía y el tratamiento informático, así como la distribución de ejemplares mediante alquiler o préstamo públicos.

ÍNDICE

INTRODUCCIÓN

Vivimos en dos mundos al mismo tiempo.

Uno es *exterior*. Pisamos en él con nuestros pies. Lo vemos con nuestros ojos. Lo tocamos y lo oímos. Lo podemos medir con diferentes aparatos y trazar mapas o planos del mismo. Orientarnos en él requiere cierta inteligencia abstracta.

Pero, a la vez, también vivimos en otro mundo *interior,* que no lo podemos representar en un mapa, pero es tan real como el primero. Está hecho de pensamientos, emociones, fantasías y sentimientos. Orientarnos en él requiere inteligencia emocional.

Para un niño, tomar conciencia de esta dualidad es un descubrimiento importante. El arte de vivir consiste en compaginar estos dos mundos.

El primer contacto del niño con lo que le rodea es afectivo: lo que tiene ante sí, le gusta o le molesta. Las cosas le provocan placer, dolor, odio, aburrimiento... A esas reacciones las llamamos sentimientos.

Los sentimientos —sentirse furioso, aterrado, alegre, etc.— son experiencias comunes, pero muchos niños los viven de manera convulsa. ¿Cómo ayudarles a descifrarlos para que sepan lo que les ocurre y para que los utilicen siempre a su favor?

Precisamente por la importancia que el mundo de las emociones tiene para su maduración e incluso para su éxito escolar, necesitan ocasiones de explorar ese mundo interior. Este libro pretende ser una ayuda para reconocer y descifrar los propios sentimientos que tanto condicionan la forma de actuar. En la

medida en que los explore, el niño estará más seguro de sí mismo.

Todas las experiencias suscitan sentimientos. Para descifrarlos los niños necesitan claves. ¿Cómo proporcionárselas?

Algunas pueden descubrirlas en las narraciones que son simulaciones de formas de vida. Los personajes expresan en ellas los más variados sentimientos y reaccionan de acuerdo con ellos. El lector puede descubrir en esas historias el significado de ciertas emociones que lo turban y aprender a controlarlas y a aprovecharlas.

En su clarificador ensayo *El laberinto sentimental* (Anagrama, 1998) el filósofo José Antonio Marina se pregunta si hay emociones básicas universales. Le preocupa, como a mí, si los sentimientos se pueden agrupar o son un mundo caótico e incontrolable. La respuesta la encuentra en varios reconocidos investigadores (Oatley y Johnson-Laird, Plutchik, Panksepp, Campos, Schaver, Ekman, Ortony...) que coinciden en ordenarlos en torno a unos sentimientos básicos. No siempre coinciden en el número ni todos citan los mismos. Yo me he limitado a sacar el mínimo común denominador. Resultan esos seis sentimientos considerados básicos. En torno a cada uno de ellos he agrupado los que tienen alguna afinidad con él. Es lo que llamo *constelaciones de sentimientos*.

Cada sentimiento se muestra narrativamente a través de un cuento. Algunos son de estricta creación del autor, otros son versiones de cuentos populares realizadas de manera que sirvan a mi propósito: explicitar un sentimiento.

Estoy convencido de que a muchos lectores les resultará muy interesante y beneficioso reconocer sus propios sentimientos para administrarlos mejor y sentirse más satisfechos con su vida.

CONSTELACIÓN DE LA ALEGRÍA

Alegría - Euforia - Valentía - Orgullo

Admiración - Sorpresa

La sociedad actual nos incita al deseo de nuevas cosas, lo que favorece el consumo y la búsqueda de nuevas experiencias. En esta situación, los sentimientos dominantes son los que corresponden a esa insatisfacción.

Los sentimientos positivos conllevan una mayor satisfacción y eficacia. El más evidente, el de **alegría**, *forma una gran constelación junto con los de euforia, valentía, orgullo, sorpresa, admiración, interés.... Todos ellos modifican la manera de pensar, impulsan a actuar y mejoran el entorno en que nos movemos.*

ALEGRÍA

El mendigo alegre

La alegría es ese sentimiento agradable que experimentamos cuando nos sentimos contentos con lo que somos y tenemos. Se puede estar alegre comiendo pan con cebolla.

Érase una vez un hombre muy rico. Su fortuna era producto de toda una vida de trabajo y de astucia para aprovechar bien las oportunidades que había tenido.

Esa riqueza le había permitido viajar por todo el mundo, comer en los mejores restaurantes, participar en las fiestas más elegantes, codearse con personas poderosas, navegar en los mejores yates... y otros muchos caprichos.

A pesar de que había podido pagarse excelentes médicos, había acumulado tantos kilos y enfermedades que ya no le cabían dentro de la piel.

Había envejecido y aún no sabía lo que era la alegría. A esas alturas de su vida tenía que reconocer que poseer tantas riquezas no se la había proporcionado.

Así pues, todavía le quedaba por satisfacer un deseo: conocer a un hombre feliz que le mostrara qué le faltaba a él para experimentar la alegría. Para lograrlo, llamó a su servidor más fiel y le ordenó:

—Ve por toda la ciudad y busca a un hombre contento y alegre. Cuando lo encuentres, dile que venga a verme. Quiero hablar con él.

El enviado recorrió todas las calles en busca de esa persona. Pero no la encontraba. Incluso los que se consideraban más dichosos tenían sombras de insatisfacción. Por fin, alguien le dijo:

—En el Parque de los Sauces suele sentarse un hombre que siempre está alegre.

En efecto, encontró allí a un anciano sentado en un banco con su perro a los pies. Parecía un mendigo. Llevaba un pantalón cubierto de remiendos y una chaqueta que no era de su talla. En ese momento estaba comiendo un mendrugo de pan con cebolla.

Se saludaron. La expresión del rostro de aquel hombre era de alegría.

—¿Tú eres feliz? —le preguntó el recién llegado sin más preámbulos.

—No es fácil contestar a esa pregunta. Pero sí puedo decirle que nunca he envidiado a nadie y que siempre he vivido alegre y contento.

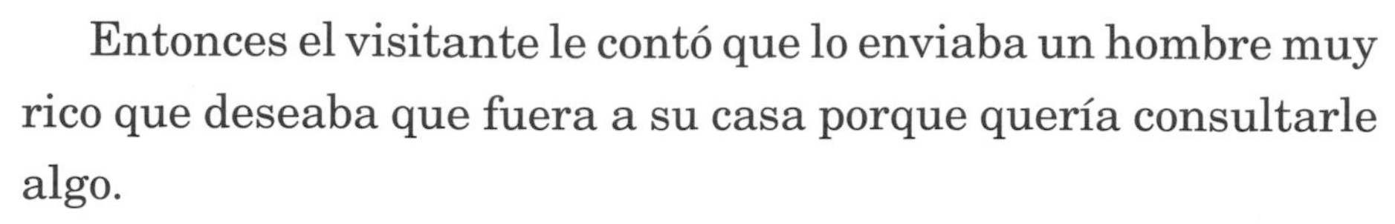

Entonces el visitante le contó que lo enviaba un hombre muy rico que deseaba que fuera a su casa porque quería consultarle algo.

—No me moveré de este banco —le dijo el mendigo—. Si fuera a verlo y conociera sus riquezas, podría darse el caso de que lo envidiara, y entonces perdería la alegría que siempre me ha acompañado.

—Él podría ayudarte.

—¿A qué? ¿A estar alegre? ¿No me has dicho que eso es lo que le falta?

—Dime al menos dónde está tu casa para que él te haga una visita. Si ve cómo vives, eso le inspirará qué hacer para estar alegre.

El anciano se resistía a darle su dirección. El mensajero creyó descubrir entonces en él cierto egoísmo al no querer compartir su alegría. Ante la insistencia de aquel, el mendigo acabó por confesar que no tenía casa.

—Mi vivienda es este banco —dijo—. Para andar por la vida alegremente solo he necesitado un buen calzado.

—Déjame al menos que lleve tus calcetines al que me ha enviado para que vea lo que te pones.

—No puedo prestártelos porque no uso calcetines. Si ese señor quiere verme, que venga aquí a cualquier hora del día o de la noche.

El mensajero contó a su señor lo que había averiguado, temeroso de que no fuera esa la respuesta que esperaba. Mientras tanto, el anciano mendigo seguía en su banco tan alegre como siempre acabando de comer el mendrugo de pan con cebolla.

No admira más quien más mira,
sino aquel que piensa en lo que ve.

VALENTÍA

La firma de la paz

Nada hay más eficaz que el ejemplo. Pero nada hay que exija más coraje, más valentía, que mantenerse siendo ejemplar.

El ratón Mimuz estaba harto de vivir escondido. Nunca podía tomar el sol ni pasear por la plaza con sus hijos como hacía mucha gente las tardes de fiesta.

Un día se puso traje y corbata, y salió a pasear. Al gato de la señora Engracia le molestó saber que aquel ratón andaba tan tranquilo por las calles. Afiló sus uñas, se atusó los bigotes y salió a su encuentro.

Cientos de pájaros miraban la escena desde las ramas de una morera. Parecía que al árbol, además de hojas, le hubieran salido plumas.

—Los animales han firmado la paz —se adelantó a decirle el ratón al gato.

—¿Tú crees que es cierta esa noticia? —le preguntó este.

—Pues, claro. Si no, ¿cómo iba a quedarme aquí estando tú delante? —dijo Mimuz, que conocía los malos instintos de su eterno enemigo.

De repente el ratón levantó las orejas.

—¿Oyes algo extraño? —quiso saber el gato.

—Oigo los ladridos de un perro que se acerca —contestó Mimuz.

El gato, temeroso de que el chucho lo atacara por sorpresa, curvó el lomo y se puso en guardia con intención de escapar.

—Eh, ¿adónde vas? —le preguntó el ratón.

—¿Qué me pasará si ese perro no se ha enterado de que se ha firmado la paz?

—La mejor manera de demostrárselo es que nos vea a ti y a mí paseando juntos por la plaza.

Los pájaros aplaudieron la idea del valiente ratón batiendo sus alas. Parecía que el árbol estaba a punto de echarse a volar.

El coraje es no dejar que tus miedos
influyan en tus acciones.
ARTHUR KOESTLER

SORPRESA

Las aguas del pozo

Uno descubre su verdadero rostro si está abierto a cualquier sorpresa. Pero eso solo se logra siendo honesto con uno mismo.

Un grupo de jóvenes hacía una larga travesía por la montaña. De forma inesperada, se extendió una densa niebla y se perdieron.

Cuando ya iban descendiendo, oyeron el tañido de una campana. Se dirigieron hacia allí. En medio de aquel valle se levantaba una vieja construcción en la que destacaba la torre de lo que parecía una iglesia.

Se acercaron. Era un monasterio. Llamaron y les abrió un joven monje.

Al ver que llegaban agotados y hambrientos, les hizo pasar a una amplia estancia en cuyo centro crepitaba un gran fuego. Mientras los excursionistas entraban en calor, el monje les ofreció pan, almendras, higos secos y agua, lo que tenían en el monasterio.

Uno de los excursionistas, intrigado por la presencia del joven en aquel lugar, le preguntó:

—¿Por qué te has quedado aquí? ¿Qué buscas en este monasterio?

—Busco mi rostro —fue la respuesta.

Esas palabras sonaron misteriosas a oídos de los recién llegados. El monje se dio cuenta de su confusión y los invitó a salir al patio encuadrado en un claustro. Allí había un pozo. Agitó las aguas con un palo y se asomó a él. Su imagen estaba completa-

mente desfigurada. Invitó a los excursionistas a que hicieran lo mismo. Tampoco ellos se reconocían.

Esperó un rato a que las aguas se calmaran y volvió a mirarse en ellas. Después invitó a los viajeros a que se asomaran de nuevo. Se vieron como en un limpio espejo.

—Con la paz de este monasterio he logrado algo sorprendente: ver mi interior con la nitidez con que me veo en el espejo de las aguas de este pozo.

La sorpresa es el móvil de todo descubrimiento.
CESARE PAVESE

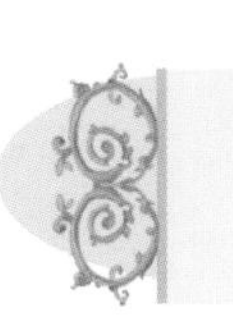
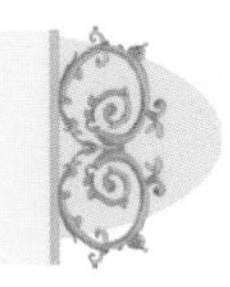

ADMIRACIÓN

Sobre el nenúfar gigante

Los niños crecen imitando modelos. De ahí la importancia de poner ante sus ojos héroes auténticos y alimentar en ellos una actitud de admiración hacia todo lo que vale la pena.

Llegué corriendo hasta la orilla de aquel lago cuya existencia desconocía. Mi vida había sido una carrera desbocada. Creía que vivir era eso: correr.

El lago parecía plata líquida. En sus aguas crecía un nenúfar de hojas gigantescas. Sobre él permanecía sentada, con las piernas cruzadas, una bella joven vestida de blanco. Emanaba de ella una gran serenidad.

La muchacha se incorporó sobre sus rodillas, apoyó las manos sobre las hojas que la sostenían y se puso en pie sin prisas. No parecía preocuparle la solidez de la plataforma vegetal que la sostenía. Solo estaba pendiente del sol que la iluminaba.

Yo la miraba desde la orilla, fascinado por la felicidad que transmitía. Empecé a repetir los ejercicios que ella hacía. Pensaba que, si la imitaba, yo también sería capaz de mantenerme en pie sobre hojas de nenúfar y desprendería aquel mismo halo de bienestar que me cautivaba.

La muchacha, muy concentrada, inspiraba y espiraba lentamente, al ritmo de una rana que, en la orilla, se hinchaba y deshinchaba.

De pronto levantó las manos como si quisiera arañar con los

dedos la nubecilla blanca que flotaba sobre las aguas del lago. Por un momento pareció que iba a comenzar a caminar, pero se detuvo. Aceptaba sus límites. Volvió a sentarse en la posición inicial, con las piernas cruzadas y las manos sobre las rodillas.

Por fin me vio, abrió los brazos y los extendió hacia mí. Yo ya no quería alejarme de aquel lago. Me sentía tan a gusto que por fin comprendí que ya no necesitaba seguir corriendo. Permanecería en la orilla hasta que fuera capaz de sostenerme sobre una hoja de nenúfar, como aquella joven, y me bastara con mirar el sol para sentirme contento.

Ella me había enseñado que una hoja de nenúfar bastaba para sostener a una persona.

La mitad de la belleza depende del paisaje,
la otra mitad del hombre que lo mira.
LIN YUTANG

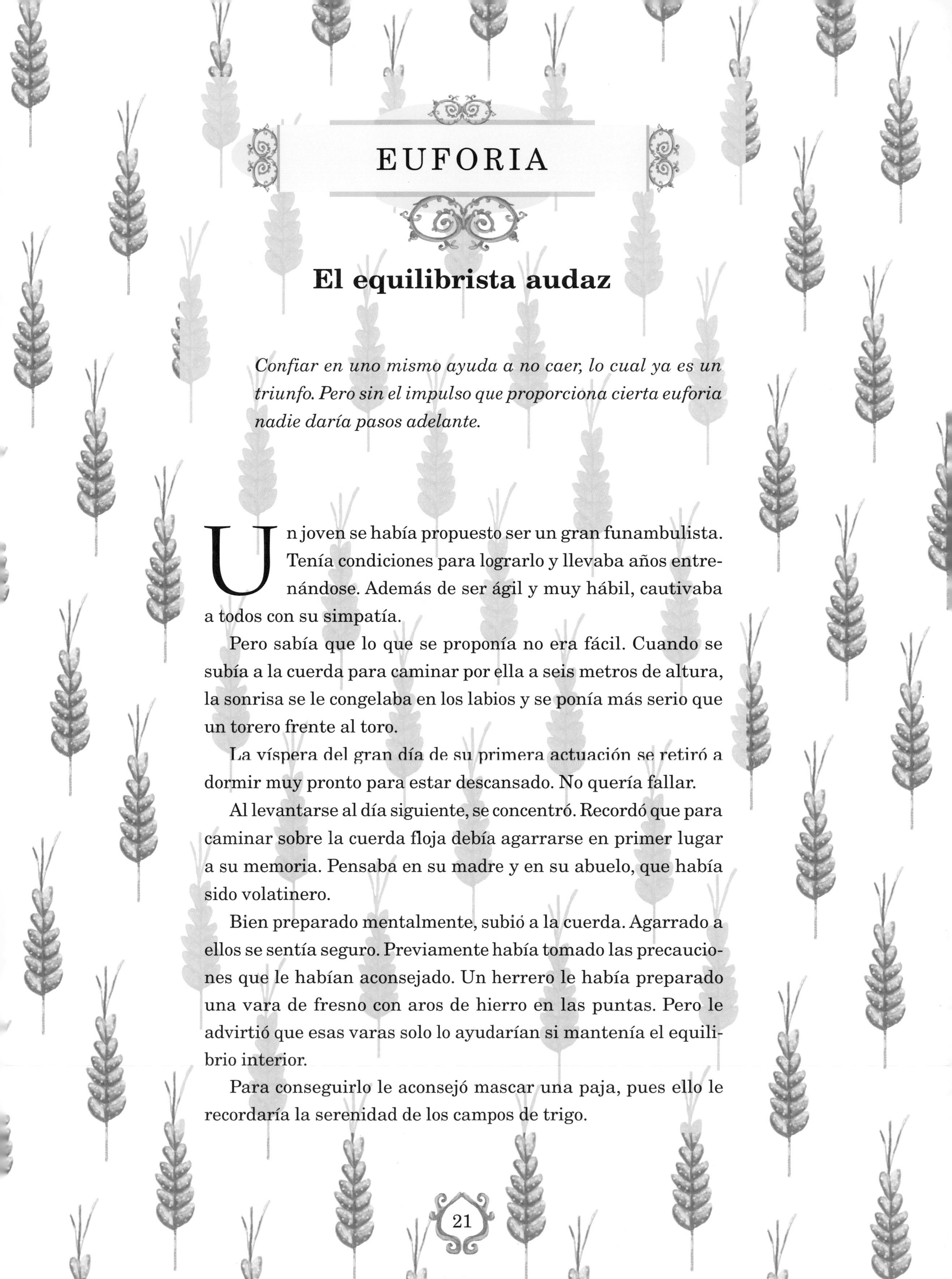

EUFORIA

El equilibrista audaz

Confiar en uno mismo ayuda a no caer, lo cual ya es un triunfo. Pero sin el impulso que proporciona cierta euforia nadie daría pasos adelante.

Un joven se había propuesto ser un gran funambulista. Tenía condiciones para lograrlo y llevaba años entrenándose. Además de ser ágil y muy hábil, cautivaba a todos con su simpatía.

Pero sabía que lo que se proponía no era fácil. Cuando se subía a la cuerda para caminar por ella a seis metros de altura, la sonrisa se le congelaba en los labios y se ponía más serio que un torero frente al toro.

La víspera del gran día de su primera actuación se retiró a dormir muy pronto para estar descansado. No quería fallar.

Al levantarse al día siguiente, se concentró. Recordó que para caminar sobre la cuerda floja debía agarrarse en primer lugar a su memoria. Pensaba en su madre y en su abuelo, que había sido volatinero.

Bien preparado mentalmente, subió a la cuerda. Agarrado a ellos se sentía seguro. Previamente había tomado las precauciones que le habían aconsejado. Un herrero le había preparado una vara de fresno con aros de hierro en las puntas. Pero le advirtió que esas varas solo lo ayudarían si mantenía el equilibrio interior.

Para conseguirlo le aconsejó mascar una paja, pues ello le recordaría la serenidad de los campos de trigo.

Mientras el joven caminaba sobre la cuerda, un pájaro pasó volando. Sus alas rozaron la vara que ayudaba a aquel a mantener el equilibrio y esta cayó al suelo.

Al fondo amarilleaban las mieses. Era un paisaje que le encantaba, que le producía euforia. Entonces se acordó de que llevaba en el bolsillo una pajita. Se la llevó a la boca y siguió caminando pasito a pasito imaginando que era una espiga en un trigal mecido por el viento. Otras muchas espigas lo protegían.

Las plantas en que se apoyaba eran los espectadores que le animaban si cesar. Se sintió fuerte, eufórico. Tenía la convicción de que estos le sostenían en el aire con su mirada.

Nada da más fuerza que un ánimo gozoso.

El orgullo de ser ratón de campo

El orgullo suele tener mala prensa. A veces es producto de una ridícula hinchazón. Pero también hay un orgullo bueno; se llama autoestima.

La señora Guadalupe tenía un hermoso gato gris con largos bigotes. Los días de invierno el animalito se tendía en el alféizar de una ventana a tomar el sol. Era tan viejo que ya no cazaba ratones, pero los mantenía a raya con solo abrir un ojo.

Fuera de casa, en la leñera, se refugiaban siete ratoncitos de campo. A menudo se peleaban por las remolachas del huerto y por ponerse la única corbata que tenían.

Lupín era el más valiente; no temía la mirada del gato de Guadalupe. Solo le espantaban esas rencillas entre los suyos.

Un día, mientras la señora salía a buscar leña y el gato tenía los ojos cerrados, Lupín se coló en la casa. Guiado por su olfato, fue a esconderse en la despensa tras un queso parmesano tan grande como una rueda de coche.

Lo probó. Estaba muy bueno. «Con este queso mis hermanos y yo tendremos comida para todo el invierno», pensó. La vida allí le pareció muy cómoda. Tenían qué comer y no se pasaba frío.

El gato seguía durmiendo enroscado junto al fuego. Lupín volvió a la leñera. Contó a los suyos el tesoro que había encontrado y los animó a pasar allí el invierno.

—¿Y si nos pilla el gato? —preguntó uno.

—¿El gato? Es más lento que la señora Guadalupe. Además,

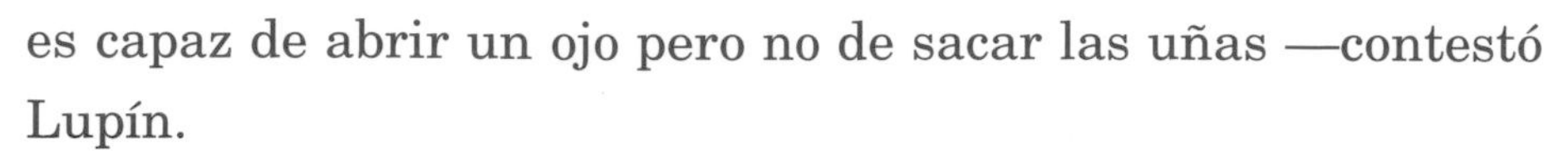

es capaz de abrir un ojo pero no de sacar las uñas —contestó Lupín.

Finalmente, escondidos en el cesto donde Guadalupe llevaba la leña, se colaron en la casa, cavaron una galería dentro del queso y se refugiaron dentro. Una araña amiga tendió delante su red para que el gato no metiera allí los bigotes.

Pero entonces saltó la sorpresa. El ratoncito más pequeño no quiso quedarse.

—Yo soy un ratón de campo —dijo—. No me encierro en una prisión aunque tenga paredes de queso.

El canario solo lleva sus alas,
pero sus alas lo llevan.
WOLE SOYINKA

LA CONSTELACIÓN DE LA TRISTEZA

Tristeza - Frustración - Soledad - Envidia

Inseguridad - Nostalgia - Remordimiento

Arrepentimiento - Resignación

El niño vive centrado en lo que ocurre a su alrededor: sus amigos, su familia... Crecer es precisamente ampliar el propio mundo.

Pero sobre su ánimo se ciernen nubarrones que le tapan el horizonte. Son la **tristeza** *y una constelación de sentimientos cercanos a ella: desaliento, frustración, desengaño, soledad, humillación... Todos ellos son signos externos de lo que le ocurre dentro. Superarlos será la experiencia que le ayudará a crecer.*

TRISTEZA

Las plumas de la tristeza

Sentir tristeza en algún momento no es una desgracia. De hecho, puede ser una oportunidad. Ese sentimiento ayuda a descubrir lo que realmente le importa a uno.

Una elegante anciana iba paseando por un parque. Se la veía a menudo por allí. Tenía fama de ser una persona observadora y sabia.

Al ver volar unas plumas entre los árboles, se desvió del camino que recorría habitualmente. Se acercó y vio que un pavo real se las iba arrancando a pesar de que ello le provocaba un gran dolor.

—¿Qué haces? ¿Por qué te arrancas esas magníficas plumas? Es una lástima que lo hagas. Vas a quedar muy feo. La naturaleza te las dio para que las luzcas y así todos nosotros admiremos tu belleza.

Tras un largo silencio, el pavo real empezó a llorar como lloran los pavos reales, con lágrimas casi secas.

—Lamento haberte dicho nada. No pretendía causarte tanta pena —se excusó la anciana.

El ave notó que aquellas palabras eran sinceras y afectuosas. Por fin, sobreponiéndose a su tristeza, dejó de llorar y le explicó su situación:

—Vosotros disfrutáis con los colores de mis plumas pero no

sabéis los sufrimientos que me ocasiona llevarlas. No puedo salir al campo a la luz del día. Para que los cazadores no me maten tengo que esconderme en lo más profundo del bosque, donde no puedo lucir mis atractivos.

Lo que podía ser su mayor orgullo y un gran espectáculo para los admiradores de las aves, se había convertido en el mayor motivo de tristeza.

Si lloras porque ya se ha ocultado el sol,
las lágrimas no te dejarán ver las estrellas.
RABINDRANATH TAGORE

NOSTALGIA

Barquitos de papel

Nostalgia es ese sentimiento de pena por algún bien perdido. Pero nadie puede quedarse en el pasado; las oportunidades están en el porvenir.

Desde que era niño fui arrojando barquitos de papel a la corriente en una orilla del mundo, la del sol naciente. Cada uno se llevaba una palabra mía, una ilusión, un proyecto...

Me gustaba confiar al capricho del agua todos los barquitos que iba haciendo. No me apetecía quedármelos porque las embarcaciones están hechas para viajar flotando en el agua.

Ahora que ya tengo canas y estoy sentado en la otra orilla del mundo, la del sol poniente, me van llegando barquitos sin

cesar. Los espero con ilusión. Algunos son muy viejos, pero me gusta verlos acercarse por si me traen algo.

A medida que llegan, pienso en las manos que los hicieron, los marineros que se cruzaron con ellos en alta mar, los puertos que tocaron antes de venir a morir a esta orilla donde me encuentro.

Por fin, me he dado cuenta de que son los barquitos que yo mismo eché al agua. Por eso he decidido tomarlos uno a uno. He visto que todos llevan una palabra, una ilusión... mías. Cuando era joven cada idea que tenía era un proyecto; ahora todas son recuerdo.

Entre tantas palabras auténticas, ilusiones y proyectos realizados hay también palabras mentirosas, falsas ilusiones y planes fallidos, pero sigo amando esos barquitos porque entre todos cuentan mi vida.

Aquí me quedaré hasta que llegue el último. Entonces se pondrá para mí el último sol.

Mientras sigan atracando barcos en mis manos, sé que he vivido y que aún tengo futuro.

Deberíamos usar el pasado como trampolín
y no como sofá.
HAROLD MACMILLAN

REMORDIMIENTO

La serpiente dormida

Todas las acciones tienen sus consecuencias. De las malas uno sentirá remordimiento, ese pesar interno, y sacará lecciones para no repetirlas.

Un cazador subió a una montaña dispuesto a cazar. Llegó muy arriba, allí donde comenzaba a haber nieve.

Vio una serpiente y se detuvo, paralizado por el miedo. Permaneció un buen rato en guardia para ver qué hacía. Al comprobar que no se movía, se acercó a ella, convencido de que estaba muerta. Ni se le ocurrió pensar que podía estar adormecida a causa del frío.

La serpiente era grande y hermosa. «La bajaré para que todos la admiren», pensó el cazador. La colgó de un palo y bajó con ella.

Ya en el pueblo, la tapó con una manta para crear un cierto misterio que excitara la curiosidad de la gente y anunció lo que había cazado. Se creó tal expectación que muchos se acercaron para que les contara cómo la había atrapado.

El cazador describió a su presa con tanta viveza que todos estaban ansiosos por verla. Y entre el calorcillo de la manta y las voces de la gente, la serpiente despertó.

Cuando los curiosos advirtieron que aquel bulto se movía, escaparon a toda prisa. Él fue el último en huir, porque el gigantesco reptil había empezado a enroscarse en sus pies.

Finalmente, la serpiente escapó y permanece oculta en algún lugar, desde donde tiene aterrorizados a todos. En cuanto al cazador, se ha ganado la enemistad de sus vecinos por haberlos expuesto a un gran peligro.

Ahora le remuerde la conciencia por haber atrapado la serpiente y haberla llevado al pueblo para que admiraran su habilidad como cazador. Habría sido mejor dejarla sepultada bajo la nieve.

El remordimiento es el único dolor del alma que
el tiempo y la reflexión no logran calmar jamás.
MADAME DE STAËL

INSEGURIDAD

El bosque oscuro

Un saltador de pértiga solo supera el listón si antes lo ha rebasado con su mente, o sea, si tiene el convencimiento de que lo logrará.

A Jorge le costaba estudiar. El tiempo que permanecía frente a una página escrita se le hacía insoportable y eterno. En cambio, había observado que se le pasaba rápido cuando estudiaba con Jan. Si se reunía con su amigo, hacía los deberes mejor y no le resultaban tan pesados.

Para que entendiera por qué le pasaba eso, su profesor de Ciencias le contó la siguiente historia.

«Un joven debía subir hasta la escuela por una pendiente bastante pronunciada. Nevó, la nieve se heló y se formaron placas de hielo. Por mucho que lo intentaba, no lograba subir. Por fin, se unió a un compañero que llevaba crampones y ascendía con paso firme. El camino le estaba resultando mucho más cómodo de lo que se esperaba. Pero después de recorrer juntos la mitad del trayecto, el compañero ocasional del protagonista de nuestra historia tuvo que desviarse porque iba a otro lugar.

»El joven se sintió perdido. Lo asaltaron de golpe todos los temores. Prosiguió con la ascensión pero resbalaba continuamente. Se sentía inseguro. Al cabo de un rato, no había dado más que unos pasos. Resbalaba y caía, resbalaba y caía.

»Se dio cuenta, entonces, de que solo subiría seguro al colegio si llevaba sus propios crampones, que lo sujetaran al resbaladizo suelo.

La lluvia moja más un lugar que ya estaba mojado.
AFORISMO MEDIEVAL

Palabras borradas

Uno es esclavo de sus palabras. A menudo tiene que arrepentirse de haber pronunciado o escrito algunas de ellas. En cambio, siempre es dueño de sus silencios.

Un aventurero perdido en el desierto cayó al suelo, agotado. El sol seguía atormentándolo. Se adormeció y después abrió los ojos. Su sombra seguía a su lado. Aún se sintió vivo.

Cuando ya se iba hundiendo en el desánimo porque temía no resistir mucho más, vio a un jinete a lo lejos, lo cual le levantó el ánimo. No daba crédito a sus ojos. Se acercaba en su camello. Era real, no se trataba de ningún espejismo.

El viajero revivió de golpe. Renacía en él la esperanza de salvarse.

Cuando tuvo a su lado al jinete, un beduino, le indicó por gestos que tenía mucha sed, pero el hombre le señaló sus odres vacíos. Ni siquiera descabalgó. Se marchó haciéndole señas de que esperara.

Pero el aventurero estaba tan desesperado que no le creyó. «Ese maldito me abandona. ¡Miserable!», masculló.

Convencido de que iba a morir, al menos quiso dejar constancia de su rebeldía. «Te odio», escribió sobre la arena. La yema del dedo con que había trazado esas letras le quemaba.

El hombre estaba tan falto de fuerzas que volvió a adormilarse. Le despertó una mano sobre el hombro. El mismo beduino que se le había acercado antes había regresado y le ofrecía una calabaza llena de agua.

Antes de tomarla en sus manos, el viajero, arrepentido, se volvió para borrar lo que había escrito. Pero una pezuña del camello pisaba las dos palabras que trataba de hacer desaparecer.

Bebió hasta saciarse. Su salvador aún le entregó otro odre lleno de agua y le indicó que muy cerca, tras la próxima loma, había un pequeño oasis.

El aventurero nunca conseguiría saber si esas dos palabras, «te odio», se habían esfumado con el viento, las había destruido la pezuña del camello o las había borrado el perdón del generoso beduino.

Una vez la pasta de dientes está fuera del tubo, es endiabladamente difícil hacerla entrar de nuevo.
H. R. HALDEMAN

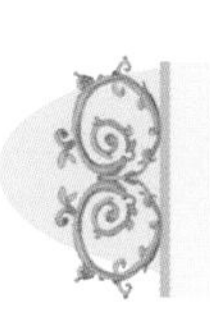

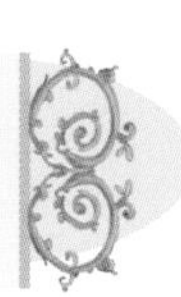

FRUSTRACIÓN

Shindu y el limón-piedra

No lograr ciertas cosas por las que suspiramos nos frustra. Pero basta mirar con otros ojos para ver que lo que tenemos a mano ya es muy valioso.

Shindu todavía era un niño, pero estaba llegando a la edad de empezar a trabajar, porque su madre era viuda, tenía otros dos hijos y necesitaba que la ayudase. Mientras tanto, aún tenía libertad para pasar horas en el bosque.

Corría la voz en la aldea de que algunos limoneros silvestres producían un limón muy compacto que tenía propiedades curativas. Lo llamaban limón-piedra. Algunos ricos comerciantes los apreciaban más que el oro y estaban dispuestos a pagar por ellos mucho dinero.

Era muy difícil reconocerlos y cada limonero solo producía uno o dos de estos limones.

Un día Shindu se adentró solo en un lugar donde crecían limoneros silvestres. Si conseguía un solo limón-piedra, su madre podría alimentar muy bien a sus tres hijos e incluso enviarlos a estudiar a la ciudad, que era a lo que él aspiraba.

Shindu se detuvo a la sombra del primer limonero que encontró. Inspiró el aroma de algu-

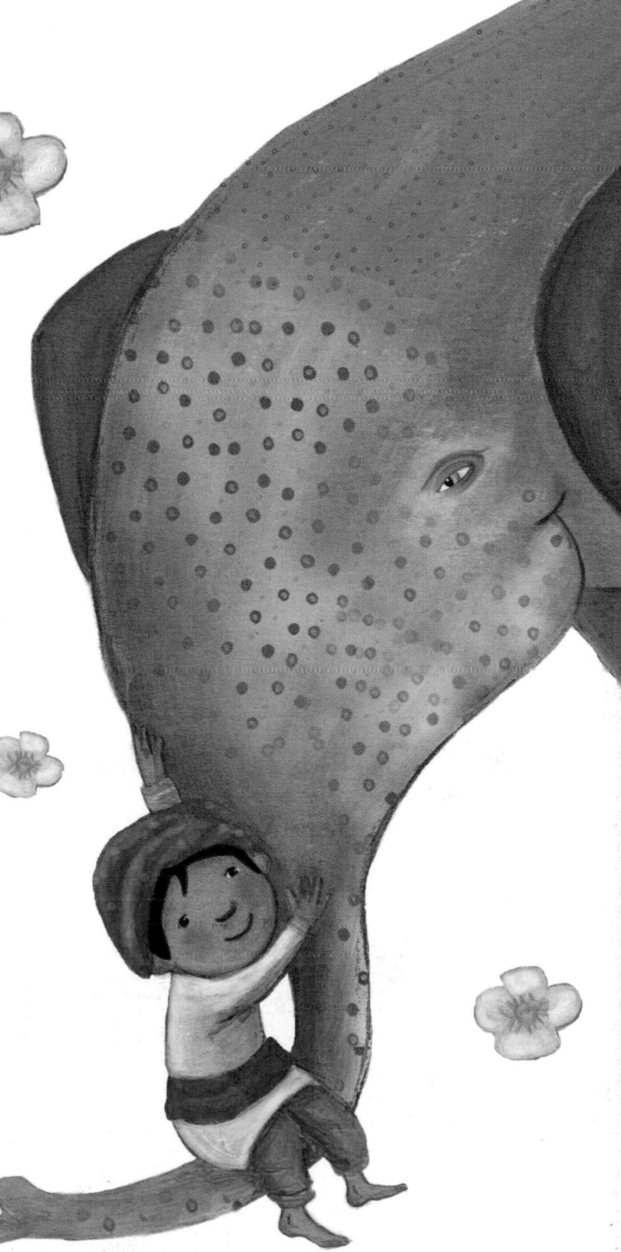

nos de sus limones con la esperanza de reconocer por el olor el que buscaba.

Uno de ellos le pareció más amarillo que los demás. Lo arañó con una uña y brotó de él una gotita resplandeciente. No era un limón-piedra. Repitió la operación, sin éxito, centenares de veces.

Por fin, algo en su interior lo condujo hasta un limonero bajito, poco más que un arbusto. Fue tocando uno a uno sus dorados frutos. Todos le parecían iguales. De pronto, uno cayó y produjo un impacto muy seco. Mientras observaba los que había por el suelo, Shindu vio moverse una lombriz. Avanzaba arqueándose y dejándose caer hacia delante.

Shindu se detuvo a contemplarla y advirtió que los limones no le hacían perder la calma. La lombriz no sabía que, entre estos, había uno muy valioso. Su felicidad consistía en moverse por la sombra con serena lentitud, mientras que Shindu se sentía defraudado por no encontrar lo que buscaba.

Entonces pensó: «Creo que estoy cometiendo un grave error. Cualquier limón es oro puro, una maravilla, si quien lo mira sabe apreciarlo así.»

Ya no se sintió frustrado sino feliz y agradecido a los dioses por haber hecho el hallazgo de que todo limón es un valioso regalo, puro oro para los humanos.

Yo no me encuentro a mí mismo donde busco. Me encuentro por sorpresa cuando menos lo espero.
MONTESQUIEU

ENVIDIA

El mejor abrigo

Es posible poseer los mayores tesoros y envidiar al mismo tiempo unos andrajos.

Unos guerreros venían de su última batalla. Llegaban muy cansados y muchos de ellos heridos. Además de haber vencido, todos ellos habían tenido la gran suerte de conservar la vida, el mayor tesoro.

Como era costumbre, después de las batallas se repartían el botín. Por desgracia, no habían conseguido mucho, ya que los enemigos eran muy pobres.

El jefe que debía repartir los bienes capturados solo tenía una capa para cada uno. Una de ellas estaba desgarrada, y él sabía que aquel a quien le tocara iba a protestar.

Consciente de que podía tener un grave problema con aquellos hombres pendencieros, antes de repartir las capas, las dobló y se sentó sobre la que estaba estropeada. El más arrogante de los guerreros creyó que esa era la mejor y que, por eso, el jefe la reservaba para sí o para alguno de sus amigos.

—Yo quiero esa que tienes debajo —le dijo.

—¿Estás seguro? El que toma una capa ya no puede devolverla —le advirtió el jefe, e insistió porque sabía lo envidioso y avaricioso que era aquel hombre.

—De acuerdo —dijo el guerrero, dejándose llevar por sus sentimientos de avaricia y desconfianza.

Y así se encontró con que su botín era el peor de todos.

Siempre es mejor la cosecha en el campo
de los demás.
OVIDIO

RESIGNACIÓN

Salir temprano

Conformarse con no hacer algo que se desea no siempre es cobardía; puede ser un acto de inteligencia.

Un águila había criado una nidada de aguiluchos en lo alto de una peña. Ya estaban tan crecidos que pronto echarían a volar. Su madre les estaba dando las últimas recomendaciones para que aprendieran a vivir por sí mismos.

—Si no queréis pasar hambre, debéis salir a buscar alimento muy temprano —les aconsejaba.

Les había impartido esa lección dando ejemplo desde el día en que nacieron. Ella lo hacía todas las mañanas y así había conseguido alimentar a todos sus polluelos.

Por aquellos mismos días, en el ribazo de una viña, entre unos arbustos, seis gazapos empezaban a salir a comer las tiernas hierbas que allí crecían.

—Si no queréis sufrir sobresaltos, salid al campo de madrugada —les aconsejó su abuelo conejo cuando ya se preparaban para su primera excursión—. A esas horas los milanos y las águilas, que son unos haraganes, aún duermen.

Pero su madre, que no tenía la misma opinión, les había advertido de que permanecieron todavía unos días en la madriguera.

—Cuando crezcáis un poco más, veréis mejor los peligros.

Los gazapos dudaban a quién obedecer. Estaban muy impacientes por salir. Habían esperado ese día con gran ilusión.

Por fin, cinco de ellos se resignaron a continuar en la madriguera, siguiendo el consejo de su madre.

—¡Otro día será! —se decían, aunque se quedaban con unas ganas inmensas de recorrer parte de la viña.

El sexto llamó cobardes a sus hermanos y prefirió hacer caso a su abuelo, porque eso era lo que más le apetecía.

Así pues, al amanecer salió al aire libre en busca de las mejores hierbas. Algunos aguiluchos también se habían echado a volar muy temprano. En cuanto vieron al gazapo, dos de ellos se lanzaron a atraparlo y consiguieron la primera presa.

¿Sabe la flor que por ella la raíz se resigna
a no conocer las estrellas?
JUAN EULOGIO GUERRA

SOLEDAD

El acompañante misterioso

También hay que enseñar a los niños a estar solos. Es la única manera de que se encuentren a sí mismos y se conozcan por dentro.

Andrés era un chico delgado y solitario. Su vida transcurría entre su casa y la margen izquierda del río. Salía a pasear cuando el sol más brillaba. Le gustaba sentir el calor de sus rayos en la piel.

Aquel día acudió muy pronto a la ribera del río. Soplaba el viento. Las alargadas sombras de los verdes y plateados chopos cubrían las aguas con un manto oscuro.

Andrés, contra su costumbre, no cesaba de hablar. Si alguien le hubiera visto, habría dicho que hablaba solo. Pero él tenía la sensación de que lo acompañaba una presencia discreta y cálida. La notaba a su lado. Aquella mañana estaba muy expansivo, y le contó muchas cosas sin mirarlo siquiera.

Su acompañante asentía, o al menos no lo contradecía. La mañana se le hizo corta.

Cuando el estómago le avisó de que era hora de volver casa, echó un vistazo al reloj. Era el mediodía. Miró a su lado. No había nadie. Su acompañante se había esfumado.

Andrés había estado hablando toda la mañana con su sombra. Con el transcurso de las horas esta se había ido empeque-

ñeciendo. En ese momento en que el sol caía en vertical, ya no eran dos, él y su sombra. La sombra había desaparecido bajo las suelas de sus zapatos. Ya no tenía con quien hablar.

Entró en silencio en su casa. Estaba contento de cómo había pasado las horas con aquella leve compañía.

A veces tenemos miedo a la soledad porque nos
recuerda cosas que nos incomodan
y nos preocupan.

CONSTELACIÓN DE LA IRA

Ira - Rencor - Odio - Celos - Engaño

Impotencia - Soberbia

El niño que tiene lombrices convive con ellas sin saberlo. También a veces los celos, la irritación o el rencor se adueñan de su espíritu y no los combate porque ni siquiera sabe que los sufre.

Las esporádicas explosiones de ira, o su versión suave, las rabietas, son la expresión de algo que lleva dentro. En torno a la **ira** *hay toda una constelación de sentimientos: odio, celos, rabia, impotencia, rencor... Para domar a estos demonios interiores hay que ponerles nombre pronto.*

La vara de fresno

Un aforismo medieval dice que la ira, como el frágil hielo, se funde con el tiempo. Pero mientras dura puede tener momentos de efervescencia que hacen daño.

Rubén crecía en una granja. Su padre la había levantado piedra a piedra pensando en su hijo. Esa era la obra y la gran ilusión de su vida.

El granjero, el más hábil cazador de ardillas de aquellas montañas, quería que Rubén fuese más que él; aspiraba a que llegara a ser el mejor cazador de rebecos.

Con el fin de cultivar en él esa afición, lo llevó consigo al campo desde muy pequeño. Pero su hijo no mostraba esas inclinaciones. No le gustaba la caza sino que prefería estudiar. Su gran afición era la literatura.

Así pues, cuando pudo decidir por su cuenta, se fue a la ciudad y se matriculó en la universidad.

El día que se marchó, su padre cortó una vara de fresno. Estaba furioso por la decisión de Rubén. Se lo tomó como una traición imperdonable.

Dejó la vara en la entrada de la granja, bien visible, para que le recordara cada día que no debía apagar el fuego de su irritación contra su hijo por haberse marchado.

Sin embargo, mirar esa vara lo ponía de tan mal humor que su mujer empezó a estar preocupada por su salud. Un día, aprovechando la excusa de una limpieza general, la escondió en el desván. Creía que, si no la veía, su marido iría olvidando el disgusto que lo roía por dentro.

Su buena intención no surtió efecto. A los pocos días, había otra vara en la puerta de la granja. Esta le recordaba, además, lo furioso que estaba también con su mujer, a la que consideraba cómplice de Rubén.

La ira, que no lo abandonaba, iba arruinando la vida de aquel granjero. Antes había sido un hombre animoso y alegre; ahora lo enfurecía el recuerdo de sus disgustos. Las paredes de su granja comenzaban a caer y él parecía no darse cuenta.

El sabio nunca se deja llevar por la ira.
CICERÓN

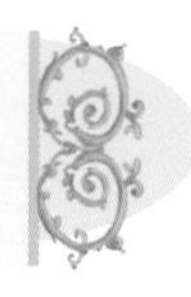

RENCOR

Una luz en la frente

El rencor, como las termitas que atacan la madera, corroe por dentro a quien se deja atrapar por él.

Los médicos aconsejaron a un hombre que enviara a su hijo Pedro a vivir a las montañas, donde el aire puro fortalecería sus débiles pulmones.

Unos conocidos le facilitaron el contacto con un agricultor, que aceptó acoger al muchacho con la condición de que le ayudara en sus trabajos en el campo. Todos creían que allí el chico respiraría mejor y que la disciplina del esfuerzo le ayudaría a madurar.

En aquella finca trabajaba ya en las mismas condiciones otro joven llamado Fismaj. Era un muchacho brillante, simpático y muy emprendedor. En poco tiempo se había hecho imprescindible. El dueño de la explotación agrícola lo apreciaba mucho y la hija de este estaba prendada de él.

Los dos jóvenes debían trabajar juntos. Al principio congeniaron, pero más tarde Pedro se distanció de Fismaj. No podía seguir su ritmo de trabajo y se sentía relegado. Esa distancia se fue convirtiendo poco a poco en soterrado rencor.

A pesar de todo, seguía uniéndolos una afición que compartían: su interés por las luciérnagas. Durante las noches de verano los dos contemplaban centenares de estos insectos que iluminaban los prados.

Fismaj estaba fascinado por ese espectáculo. Buscaba esos

gusanos de luz, los cogía y sus manos quedaban impregnadas del polvo que hace que brillen en la oscuridad. Después tocaba plantas, animales y objetos, para que todo quedara impregnado de su luz.

Más de una vez los dos compañeros de fatigas habían hablado de trazar con ese polvillo caminos de luz para moverse sin peligro en medio de la oscuridad de la noche.

Pero no tuvieron tiempo de realizar esos sueños. Cuando sus pulmones sanaron, Pedro regresó a su casa para seguir su vida. A partir de lo que había aprendido en la granja, montó un negocio de piensos y ese fue su medio de vida.

Fismaj, en cambio, se quedó en aquellas montañas, dedicado a criar animales y a cultivar la tierra. Poco después, se casó con la hija del dueño de la finca. Lo que no abandonó fue su afición a las luciérnagas.

Al cabo de muchos años, los dos compañeros de juventud se encontraron en una feria de ganado. A Pedro aún le quedaba un rescoldo de rencor que no había superado del todo. Sin embargo, por insistencia de Fismaj, cenaron juntos y volvieron a recordar los años que habían compartido.

Antes de despedirse, Fismaj tocó la frente de Pedro con sus manos impregnadas de polvo de luciérnagas y dijo:

—Si alguien te encuentra, verá que llevas una luz que ilumina tus pensamientos y tus actividades.

Pedro no rechazó esa luz. No se limpió el polvo de luciérnagas. Su esposa lo vio llegar en plena noche con aquella luz y Pedro tuvo que contarle lo que le había ocurrido.

Ella comentó, complacida:

—Está bien que te hayas reconciliado con Fismaj, rechazando todo rencor. Al fin y al cabo, os ilumina el mismo polvo de las luciérnagas.

Nunca el rencor y la venganza
proporcionan contento.
LUIS DE GÓNGORA

CELOS

La bicicleta

Los celos son malos consejeros.

César y Silvia se encontraron en el parque. Era un día ventoso y las hojas del otoño huían de las ramas de los árboles donde habían permanecido desde la primavera.

César había llegado en su bici. Desde que sus padres se la habían regalado era un chico insoportable. Se creía el centro del mundo. Se jactaba ante todos de tener la mejor bicicleta del pueblo y jamás se la dejaba a nadie, ni siquiera a los que hasta entonces habían sido sus amigos.

Silvia, que era uno de estos, también hubiera querido tener una bicicleta y pasearse por el barrio pedaleando. Pero no la tenía. Aunque habían sido inseparables, César le dejó claro en el parque que no se la prestaría.

—No montarás en mi bici —dijo—. No quiero que me la estropees.

A la niña le dolió el comportamiento de su amigo, pero no consiguió disuadirlo.

En el banco de al lado, un señor mayor los escuchaba mientras leía el periódico. Le costaba sostenerlo en las manos a causa del fuerte viento que soplaba.

De pronto, una ráfaga le arrancó el sombrero. El anciano corrió tras él, pero rodaba a tal velocidad que no lograba atraparlo. César y algunos otros se rieron de su torpe y ridícula manera de correr. Silvia, en cambio, corrió a ayudarlo, cogió el sombrero y se lo entregó.

El anciano, agradecido, le dijo:

—En realidad, el viento no se ha llevado mi sombrero. Lo he dejado escapar yo mismo para ver si el chico de la bicicleta y tú teníais buen corazón. Ahora ya he comprobado lo que quería. Por haberme ayudado, voy a hacerte un regalo. Ten.

Le entregó un frasco con agua un poco turbia y un tubito de plástico muy delgado. La niña advirtió enseguida que se trataba de agua con jabón. Más de una vez había jugado a hacer pompas con una paja y un líquido parecido a aquel. En ese momento hizo una muy grande y la lanzó hacia un perrito que pasaba por el parque y el animal quedó atrapado dentro.

La segunda pompa la lanzó hacia el balón con que jugaban a fútbol varios niños. El balón que-

dó flotando dentro y todos en el parque dejaron lo que estaban haciendo para verlo.

Todos los ojos se volvieron hacia Silvia, que era capaz de hacer aquello. Muchos se acercaron a ella y la rodearon. Los más decididos intentaron quitarle el frasco y el tubo que obraba aquellas maravillas. El anciano tuvo que intervenir para impedirlo.

La niña, siguiendo con su juego, arrebató con una burbuja la mochila a una amiga suya. Por fin encerró en otra, grandísima, a un chico que estaba tocando el violín. Su música dejó de oírse.

Ante todos aquellos portentos, César descuidó su bicicleta. La abandonó en el suelo. De repente, nadie le prestaba atención. Sintió envidia de Silvia. Todos estaban pendientes de las pompas de jabón y de la niña que las lanzaba. En ese momento, el chico habría cambiado su bicicleta por aquel frasco de agua con jabón.

El que no se alegra por celos del éxito de un amigo
es que no es su amigo.

ODIO

Las dos tribus

El odio, esa aversión o antipatía profunda hacia alguien a quien se le desea el mal, nunca trae la felicidad ni la paz.

Dos tribus compartían desde épocas remotas el mismo territorio, el mismo río y las mismas estrellas en las noches claras.

Con el tiempo sus relaciones se habían ido deteriorando, y hacía tres generaciones que estaban en guerra.

Los miembros de las dos tribus se odiaban mutuamente. A la vez que memorizaban el nombre de los pájaros, los niños aprendían a odiar a los de la tribu rival. Con demasiada frecuencia se producían muertes por ambos lados a causa de tontas disputas por cuatro peces o por frutas que la selva ofrecía en abundancia para todos.

Hacía poco una de las tribus había elegido nuevo jefe debido a la muerte del anterior, precisamente en un combate con sus adversarios.

Se trataba de un hombre joven, valiente, inteligente, generoso y pacífico. Lo primero que se propuso fue acabar con aquella situación de odios continuos que perjudicaba a ambas tribus por igual.

Convocó una asamblea para arreglar el problema. A ella debían acudir diez representantes de cada bando.

El joven jefe propuso a los suyos ir desarmados a fin de que los otros vieran que ya no los movía el odio sino el afán de entendimiento.

—Para conseguir la paz no hacen falta armas sino renunciar a ellas —sentenció.

Aquella noche en que brillaban las estrellas para todos, los otros se presentaron en la asamblea con su arco y su carcaj lleno de flechas.

—Tenéis que dejar las flechas fuera —les dijo el joven jefe—. Simbolizan el odio que hemos alimentado hasta ahora y que ha sido la causa de nuestra desgracia. Si mantenemos el odio dentro de nosotros, nuestro acuerdo de paz será muy frágil.

Pero los de la otra tribu no quisieron dejar sus armas. Todavía no habían conseguido desterrar el odio de sus corazones.

La asamblea de paz no podría celebrarse hasta que todos se presentaran libres del odio que aún consumía a algunos.

El odio nunca es vencido por el odio
sino por el amor.
MAHATMA GANDHI

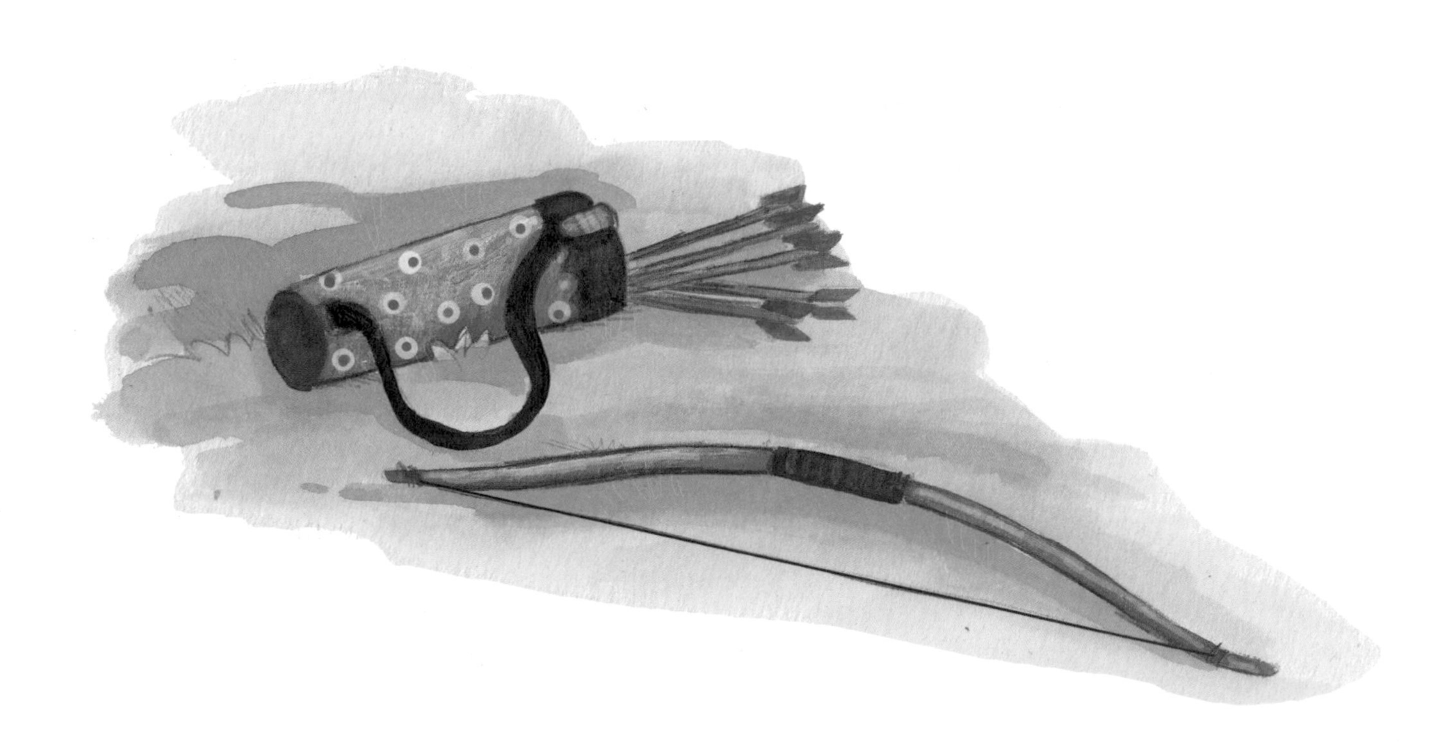

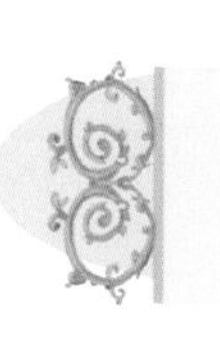

ENGAÑO

La capa mágica

El niño aprende de los mayores que una mentira puede sacarlo de un apuro. Pero no ve que, si lo pescan mintiendo, nadie va a creer en él. El engaño tiene un alto coste.

Comenzaba el invierno. Holse cabalgaba en su viejo caballo por la estepa. El frío no lo detenía cuando se trataba de visitar a sus abuelos ya ancianos, que vivían en una aldea lejana.

Quería darse prisa para no helarse, pero su caballo trotaba menos rápido de lo que él hubiera deseado. Su capa remendada y agujereada apenas abrigaba. Sin embargo, no era de los que se quejaban por cualquier sufrimiento.

A lo lejos divisó a otro jinete que se dirigía hacia él a lomos de un veloz potro. Cuando lo tuvo más cerca, vio que se cubría con una estupenda capa de piel de oso muy nueva.

Antes de que llegara a su altura, Holse se puso a cantar a pesar del viento helado que le azotaba el rostro y agitaba su capa.

—¿Cómo vas tan contento? ¿No tienes frío? —le preguntó el jinete, que tenía el aspecto de ser un rico mercader.

—No es un día apacible, pero tampoco puedo quejarme de frío. El viento entra por unos agujeros de mi capa y sale por otros, pero yo conservo el calor de mi cuerpo.

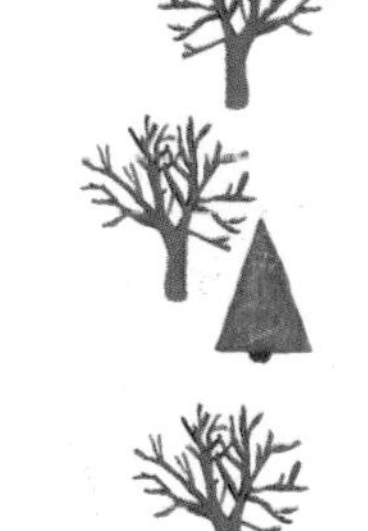

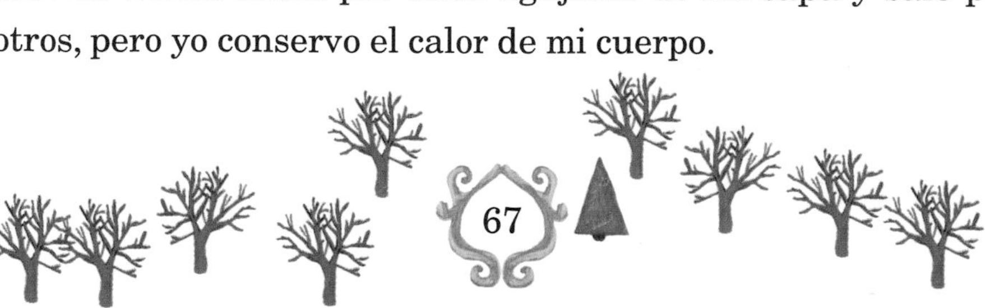

—A pesar de la excelente capa que llevo, tiemblo de frío —se lamentó el mercader—. ¿Me venderías la tuya?

El joven se mostró renuente.

—La heredé de mi padre —murmuró.

—Además de mi capa, te daré dinero y mi caballo. Yo voy a un pueblo cercano y allí podré comprarme otro.

Por fin, el joven se dejó convencer y cambió su viejo caballo y su capa agujereada por un potro excelente y una buena capa de piel de oso.

Antes de que el comerciante se diera cuenta de lo que había adquirido, el joven se alejó al galope en dirección a la casa de sus abuelos. Aunque el mercader quisiera, ya no podría darle alcance con aquel viejo jamelgo que ahora montaba.

Mientras cabalgaba, el joven Holse iba pensando qué mentira les contaría a sus abuelos para explicarles cómo había conseguido aquel magnífico caballo.

Una mentira es como una bola de nieve;
cuanto más rueda, más grande se vuelve.
MARTÍN LUTERO

Un camino que se cierra o se abre

A veces tenemos lo que buscamos casi al alcance de la mano pero nos sentimos incapaces de atraparlo.

Asaj había nacido con un gran afán de aprender. Sentía una gran admiración por personas como su padre, capaces de explicar muchas cosas interesantes. Pero desde los diez años se vio obligado a ayudar a los suyos a pastorear cabras.

Vivían en un lugar casi desértico. Aquellos sufridos animales se veían obligados a mordisquear ramitas de arbustos, las únicas plantas que allí crecían. El rebaño tenía que recorrer cada día grandes extensiones de terreno para encontrar alimento. Mientras cuidaban de las cabras, el padre de Asaj hablaba de temas muy diversos y dejaba boquiabierto a su hijo con sus co-

nocimientos. Asaj tenía la convicción de que era tan sabio porque había leído mucho.

Un día en que comentaban sus sueños y sus ilusiones, el chico le dijo:

—Creo que tiene que haber tierras fértiles donde los animales puedan comer hasta hartarse. Si las encontráramos...

—Una vez conocí a un hombre en un oasis que afirmaba que venía de una tierra así, pero nadie le creía, porque estaba medio chalado: decía que allí las mujeres se bañaban medio desnudas y que los hombres no llevaban barba —le contó su padre.

Pocas semanas después de mantener esa conversación, en el rebaño apareció una cabra que no conocían.

—Asaj, ¿de dónde has sacado esa cabra tan alta y tan lozana? —preguntó el padre.

—Creía que la habías traído tú. Ella sola ha dado más leche que las diez que he ordeñado después.

Ninguno de los dos se explicaba de dónde había salido aquel animal, pero una cabra solo podía estar tan gorda si había crecido en una tierra donde hubiese mucha hierba. Ella podía ser la prueba de que ese lugar de abundantes pastos realmente existía.

Días más tarde, padre e hijo tuvieron que dividir el rebaño para llevarlo a dos lugares diferentes, porque allí no había alimento para todos los animales. Asaj, por ser más joven, fue más lejos y se llevó consigo la cabra que se había unido a las suyas.

Se detuvo con su rebaño en la falda de una montaña. La misteriosa cabra continuó ascendiendo. Asaj fue tras ella para no perderla. Pero no logró darle alcance y la cabra pasó a la otra vertiente.

El muchacho quedó maravillado al ver el exuberante valle que aparecía ante sus ojos. Estaba cubierto de hierba tierna y muchos animales pastaban libres en él.

Pasaron las horas. El padre de Asaj estaba muy preocupado. Su hijo no había acudido al lugar en que habían acordado reunirse al final de la jornada. Fue a buscarlo y encontró su rebaño abandonado. Tampoco estaba allí la misteriosa cabra.

Al no hallar una explicación a lo que ocurría, volvió con todo el rebaño al lugar donde tenían plantadas las tiendas. ¡Cómo odiaba a aquella cabra tan bien alimentada! Estaba seguro de que había sido la causante de que su hijo se hubiera perdido.

Asaj tampoco dejaba de pensar en su padre. Le habría gustado que hubiera conocido lo que él estaba viendo, aquel valle de tan abundantes pastos.

Entonces pensó que la inquieta cabra se le podía escapar cualquier día y, tras escribir en un papelito las maravillas que había visto, le ató este a un cuerno. Si la cabra huía y su padre la encontraba, al menos podría leer lo escrito.

No estaba equivocado. Un día la cabra escapó y volvió al desierto con todas las demás. El padre de Asaj, enfurecido contra ella por haberle quitado a su hijo, la mató.

En ese momento vio el papelito que llevaba atado a un cuerno.

Lo abrió y, tras mirarlo, se echó a llorar de impotencia. La cabra ya no podría conducirlo hasta Asaj y él tampoco podría saber dónde estaba su hijo. A pesar de que le había hecho creer que había leído mucho, no sabía leer.

Lo que da belleza al desierto es que esconde
un pozo de agua en alguna parte.
ANTOINE DE SAINT-EXUPÉRY

SOBERBIA

Las montañas no se encuentran

Los hombres pueden encontrarse, las montañas, no.

José Paraíso salía a menudo a la Plaza Nueva. Uno de esos días tuvo la impresión de que había visto pasar a Óscar Calvo. Habían sido amigos, pero el trabajo los había distanciado durante muchos años.

José había engordado mucho y le costaba moverse. Sin embargo, hizo un gran esfuerzo por correr para dar alcance a su amigo.

Óscar lo reconoció al instante y le dio un fuerte abrazo. El encuentro le había proporcionado una alegría tan grande como inesperada.

A los dos les había ido bien en la vida. Se habían labrado una buena posición y habían formado una familia feliz.

Si los dos, en lugar de verse como sencillos seres humanos, se hubieran considerado muy importantes, no se habrían acercado mutuamente como lo habían hecho.

Las montañas permanecen inmóviles y orgullosas. Por eso nunca se encuentran.

La soberbia y el amor ni se entienden
ni pueden coexistir.
OVIDIO

CONSTELACIÓN DEL MIEDO

Miedo - Malestar - Timidez - Angustia

Susto - Vergüenza

El sentimiento de miedo puede ser tan fuerte que provoca reacciones físicas, como temblores o el bloqueo de la voz.

Toda esa constelación de sentimientos que giran en torno al **miedo** *—malestar, terror, timidez, angustia, vergüenza...— tiene una presencia determinante en la infancia. Esos sentimientos se apoderan del niño, que no sabe cómo dominarlos. Ver reflejado en estos cuentos cómo se vencen le ayudará a superarlos el día que lo asalten.*

MIEDO

Choque de trenes

El miedo es un mal compañero de viaje, pero es inevitable. A menudo nos sorprende cuando menos lo esperamos y puede vencernos. A veces es tan intenso que cambia de nombre; entonces se llama terror.

Las primeras palabras que Leire había pronunciado, siendo aún bebé, habían sido «mamá», «papá», «tren» y «vías».

Vivía en un quinto piso. Desde su habitación veía trenes que entraban o salían de una inmensa estación. Las vías formaban parte de su paisaje.

Un día de marzo no la despertó el despertador, esa odiada cotorra de metal, ni su madre susurrándole al oído palabras cariñosas. La hizo saltar de la cama un tremendo ruido de hierros que crujían.

Leire corrió aturdida hacia la ventana. Vio varios vagones reventados sobre las vías en medio de una nube de humo. Habían chocado dos convoyes.

—No ha sido nada, Leire —dijo angustiada su madre, que entró en la habitación al instante.

¡Pero vaya si había sido...! A la niña aún le retumbaban los oídos y tenía el corazón encogido. En medio del humo salían corriendo viajeros enloquecidos. Otros se olvidaban de sí mismos y sacaban a los que estaban malheridos.

La niña miró el reloj. Eran las siete y media.

—¿Estará allí Daniel? —se preguntó atemorizada.

Sabía que su amigo llegaba muchos días en el tren de las

siete y media porque su madre, que lo acompañaba, entraba a las ocho a trabajar.

El humo se fue disipando. Junto a un raíl había varios cuerpos. Algunos se movían. Leire creyó distinguir el de un niño. Le pareció que resplandecía como refulgen las estrellas en la noche. Dos hombres se acercaron a él, lo levantaron y lo colocaron sobre un banco arrancado del suelo que hacía las veces de camilla.

Aquel día Leire no quiso ir a la escuela. Le aterrorizaba pensar que no encontraría en clase a su amigo del alma. El miedo la tenía paralizada.

La televisión habló todo el día del terrible accidente. Envuelta en palabras de locutores y de héroes anónimos que habían ayudado a los heridos, aquella tragedia no parecía tan dura.

Cuando al día siguiente Leire regresó a clase, todavía llena de temor, Daniel ya estaba allí. Llevaba un brazo en cabestrillo y una gran venda en la cabeza. Pero esta aún dejaba ver aquella sonrisa que nunca lo abandonaba.

Han pasado meses desde entonces. Cada vez que se asoma a la ventana, Leire aún tiembla pensando en Daniel. Los trenes vuelven a pasar cargados de ilusiones. Pero algunos viajeros aún depositan en los andenes flores o velas, y otros todavía derraman al pasar una lágrima, susurran una frase o una oración, cualquier cosa que los libre del miedo.

A lo único que hay que temer es al propio miedo.

MALESTAR

El amo del lago

Hay presencias que, sin llegar a causar un gran miedo, pueden ocasionar esa incomodidad interior a la que llamamos malestar.

Tras varios veranos muy calurosos aquel lago había ido perdiendo agua. Aun así muchos animales hubieran querido acudir allí a beber o a refrescarse.

Sin embargo, no se atrevían a acercarse. En aquellas aguas todavía nadaba un cocodrilo. Todos lo temían, porque con su poderosa dentadura había cazado a más de un visitante.

Si hubieran podido expulsarlo, lo habrían hecho. Pero eso, por el momento, era impensable. «¿Qué podemos hacer para que se vaya?», se preguntaban muchos de aquellos animales. Cavilaron durante algún tiempo sobre cómo lograr que el cocodrilo se sintiera incómodo en el lago.

Por fin, a un zorro muy espabilado se le ocurrió una genial idea. La primera noche de luna llena se acercó a la orilla y le dijo al cocodrilo:

—¡Respetado rey del lago! Soy el mensajero de la Luna. Me ha enviado para que te diga que quiere estar en el lago sin que nadie la moleste. Tendrás que buscar otro lugar donde vivir.

—Aquí no hay nadie más que yo. Todo el lago es mío. Desde que murieron mis padres he estado aquí solo —repuso el cocodrilo.

—Sal y verás que también la Luna vive en esas aguas.

El cocodrilo se sintió mal por lo que estaba oyendo. Salió a la orilla y vio la Luna reflejada en el agua calma.

—Si sigues ahí quedarás ciego por sus destellos —le advirtió el zorro—. Y si intentas beber y te tragas la Luna, esta, al pasar por tu garganta, te producirá unos dolores horrendos.

El cocodrilo se tomó muy en serio aquel aviso. Pero tampoco podía alejarse del lago; necesitaba sus aguas para seguir viviendo.

Sin embargo, desde que sabía que la Luna estaba allí no lograba sentirse tranquilo. Ese malestar lo llevó a intentar expulsarla a coletazos y a dentelladas.

Cualquiera hubiera huido para no sufrir aquellos mordiscos, pero la Luna lo aguantaba todo.

El cocodrilo, por fin, ha decidido buscar una nueva residencia. Ya no descansa. Desde que supo que comparte aquellas aguas con la Luna siente un intenso malestar que no le permite vivir tranquilo. Todos los demás animales esperan que se vaya; a ellos no les importa compartir el lago con la Luna, ya que no la consideran su enemiga, sino una luz amiga que ilumina las noches.

Los enemigos son grandes según el miedo que nos producen. No tengas miedo a nadie y no tendrás enemigos.

F. GARCÍA SALVE

TIMIDEZ

El niño que no levantaba la voz

El tímido desearía resultar agradable pero teme no lograrlo. La timidez tiene que ver con la baja autoestima a menudo sin motivos.

Cuando Alfredo iba con su pandilla de amigos, parecía su bandera: les sacaba toda la cabeza. Sin embargo, era tan tímido que no levantaba la voz.

En cambio, a Óscar Guisante, el de la chillona camiseta verde, no le importaba proclamar a gritos: «¡No hay gato como el mío!»

Todo el barrio sabía que Óscar tenía un gato que comía cerezas negras y movía las orejas cuando él se lo pedía.

El de Alfredo se comportaba como un tigre de Bengala, pero nadie lo sabía porque él no era capaz de contarlo. Y con lo mucho que le habría gustado narrar cómo su «tigre» había plantado cara a un ladrón y otras hazañas memorables.

Pero al altísimo Alfredo no le salía la voz. Llegó a pensar que le faltaba algo en la garganta y, cogiendo un espejo y una linterna, la inspeccionó a conciencia. No entendía cómo le entraban por allí las ciruelas casi enteras y después no le salía la voz, que era más fina.

A Alfredo le gustaba Eva porque era muy decidida. También Eva lo espiaba a escondidas y envidiaba su estatura. Alfredo se ruborizaba cuando estaba con ella. Óscar Guisante lo advirtió y empezó a llamarlo «Semáforo».

—Algún día tendrás fuerza para levantar la voz —le dijo Eva cuando intuyó lo que le pasaba.

Desde entonces Alfredo refuerza su voz sin desmayo porque desea decirle a Eva que la quiere. Y también sueña con el día en que sea capaz de contar las aventuras de su «tigre» con voz atronadora.

Todos los hombres son tímidos al entrar en cualquier lucha. Pero no deben permitir que su timidez anule lo mejor de sí mismos.
GEORGE PATTON

ANGUSTIA

El camino de luciérnagas

Cuando se apodera de nosotros el temor por un motivo impreciso, nos produce un sentimiento que llamamos angustia y nos sentimos afligidos.

Érase una vez un niño huérfano de madre. Su padre era un leñador que subía al bosque al romper el alba y bajaba al ponerse el sol, cuando el cielo ya no era azul sino acero oscuro.

Una noche que respiraba por millones de estrellas el niño dijo alarmado:

—A mi padre le ha pasado algo. Si no, ya habría regresado.

Se calzó las botas y salió hacia el monte. La senda pronto se perdía entre los árboles. El niño, con el pensamiento puesto en su padre, no se dio cuenta de que se había extraviado.

Las luciérnagas salían al camino con sus diminutas bombillas a verlo pasar. Sentían curiosidad porque no estaban acostumbradas a ver niños en la montaña a aquellas horas.

El niño se sintió cansado y se detuvo en medio del bosque. Al verse solo, comprendió que no sabía dónde estaba. Comenzó a tener miedo. Miró hacia atrás. Ya no recordaba por dónde había llegado hasta allí.

Se sintió angustiado y derramó todo su miedo en forma de lágrimas. Estas no le dejaban ver nada. Cuando se serenó, vio un zigzagueante camino de lucecitas que bajaba por una ladera del monte.

—Bajaré por ese camino de luces, a ver adónde lleva.

Mientras descendía no paraba de dar las gracias a aquellos animalitos que le iluminaban el camino.

Cuando llegó a su casa, su padre y sus amigos estaban ensillando los caballos para salir a buscarle.

Si la angustia acompaña tus problemas, tendrás dos problemas juntos. Deja de lado la angustia y resuelve el problema.

SUSTO

La almohada del gigante

El miedo puede concentrarse en un momento. A esa explosión repentina de miedo la llamamos susto.

Un barco navegaba por el mar en calma. Los marineros, confiados en su timonel, cantaban y bebían en cubierta. Iban vestidos como piratas, porque era día de carnaval, pero eran gentes de ley.

Al anochecer creció el oleaje. El viento soplaba cada vez con más violencia. Las olas eran muy muy altas. Un faro las barría con su brazo de luz para alertar de la presencia de acantilados.

—No podemos acercarnos más a la costa, es un lugar peligroso —gritaba el timonel al capitán, que había ordenado navegar lo más cerca posible de la costa.

Al pie del faro dormitaba un gigante, cansado de transportar pedruscos para construir un nuevo dique.

—¡Das demasiada luz, maldito faro! No me dejas dormir —gruñía, pero el bronco bramido del oleaje tapaba su voz.

No muy lejos se veían las lucecitas del barco bailando sobre las olas. El capitán seguía pendiente del faro para mantener el rumbo. Aquella luz era lo único a lo que asirse en la oscura noche.

—¡Si no me dejas dormir, te voy a tapar ese ojo! —bramó el gigante, y a manotazos levantó nubes de agua que ocultaron la luz del faro.

El gigante bravucón miró el mar, vio las lucecitas del barco y soltó una carcajada.

—¡Capitán, vamos sin rumbo! —gritó el timonel, que ya no lograba orientarse—. Se ha apagado el faro.

El esfuerzo de ambos por navegar en la oscuridad fue en vano. Cuando vieron el acantilado, ya era demasiado tarde para cambiar de rumbo. Se oyó un espantoso estruendo entre las rocas, el barco se partió en varios pedazos y todos los tripulantes saltaron por los aires..

—¡Sálvese quien pueda! —ordenó el capitán.

—¡Retruenos! —bramó el gigante—. ¡Todo se confabula para no dejarme dormir!

A la mañana siguiente, los marineros, que por suerte habían llegado a nado a la costa, vieron muchas tablas flotando en el mar. Ninguno se explicaba qué había ocurrido. Pero estaban contentos. A pesar del susto, habían salvado la vida.

—Solo un gigante pudo habernos lanzado de esa manera contra los acantilados —sentenció el capitán.

Por muy larga que sea la noche,
el amanecer llegará.
REFRÁN AFRICANO

VERGÜENZA

El cazador bajó la escopeta

Ese sentimiento de vergüenza es un guardián interno que nos frena de hacer tonterías de las que después tendríamos que arrepentirnos.

Un gato acechaba a un ratón en medio de un camino. Estaba tan concentrado en la caza, que no se dio cuenta de que venía un coche y lo atropelló.

Dolorido, empezó a pedir auxilio con voz lastimera. Varios ratones de campo fueron los primeros en acudir a ver qué pasaba.

—¿En qué podemos ayudarte? —preguntó uno.

—¿Ayudarlo? ¡Ni hablar! —intervino el que había estado a punto de ser cazado por el gato herido.

—Ni siquiera en la guerra se puede dejar morir a un herido —le recordó el ratón más viejo.

Discutieron el caso y, por fin, decidieron curarlo. Le pusieron un palito en cada pata rota bien atado con unos hilos.

Tres gatos, que habían acudido al oír los maullidos de su compañero, habían escuchado la conversación de los ratones mientras contemplaban la escena escondidos entre unas matas.

—Ya no podremos perseguir a los ratones —comentaron entre ellos en tono de lamento—. Sería traicionar a quienes han auxiliado a uno de los nuestros.

Detrás de los tres gatos había dos perros al acecho. Se miraron con cara de extrañeza. Uno de ellos dijo:

—¿Cómo vamos a perseguir a los gatos, si estos se portan así con los ratones?

—Tienes razón —reflexionó otro—. Que nadie pueda decir que los perros son más malvados que los gatos.

Cerca de los perros, entre unos arbustos, se escondía un lobo. Había llegado decidido a atacar a los perros, pero se marchó avergonzado de lo que había pensado hacer.

Al ver que el lobo se retiraba sin atacar a nadie, el cazador bajó la escopeta en su escondrijo hecho de ramas y se marchó a casa silbando la canción de la paz.

Los caballeros se avergüenzan de que sus palabras sean mejores que sus hechos.
MIGUEL DE CERVANTES

CONSTELACIÓN DE LA REPUGNANCIA

Repugnancia - Desprecio - Ansiedad

Rechazo - Venganza

Las historias no solo se escuchan, se viven. Por eso recordaremos toda la vida los sentimientos y las emociones que las acompañan.

Incluso aquellas que suscitan en el niño sentimientos desagradables, como la **repugnancia** *y otros de esta misma constelación —desprecio, ansiedad, rechazo, venganza...—, pueden serle útiles. Su inteligencia emocional crece al vivir esas situaciones en estas historias y reflexionar sobre ellas.*

REPUGNANCIA-ASCO

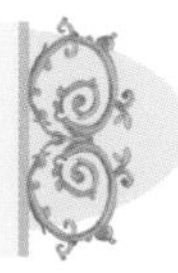

El chico que tenía sombra de rana

Hay cosas que nos causan una impresión desagradable. Esa impresión, a la que llamamos repugnancia o asco, a veces es tan fuerte que nos remueve el estómago.

Álvaro no era tan feo como Candi, a quien llamaban el Lagarto, pero tampoco estaba contento con su figura. No le gustaba ni su sombra. «Tengo perfil de escopeta», pensaba con tristeza mientras contemplaba su reflejo en la fachada de cristal del Banco Índico.

Al pasar por una calle, vio un letrero: «Se hacen sombras a capricho del que paga.» Entró. Lo recibió un señor con mirada de mirlo y sonrisa despectiva.

—Quiero una sombra —dijo Álvaro.

—¿Para ti o para tu gato?

—Para mí. ¿Cuánto vale una sombra?

—Depende. Las de lombriz son más baratas que las de pulpo.

En ese momento se despedía un muchacho con cresta que protestaba porque le habían hecho una sombra de jirafa.

—Te he de advertir una cosa —añadió el vendedor de sombras a Álvaro con desdeñosa altanería—. Una vez hecha la sombra, ya no se puede rectificar, aunque a uno le dé asco.

—Y si sale mal, ¿se puede destruir?

—No. Quien lleva ciertos tatuajes tiene que arrancarse la piel para librarse de ellos.

Álvaro temió caer en una trampa, pero tenía tantas ganas de que le hicieran una sombra con la que se sintiera mejor que se puso en manos de aquel artista engreído. Este estudió su perfil, trazó unos jeroglíficos en el aire y dijo:

—Agáchate.

Álvaro se puso en cuclillas y esperó. El creador de sombras se concentró, tomó un espray y le dibujó a su lado una sombra. Álvaro miró al suelo y exclamó sin disimular su repugnancia:

—Pero... ¡si es una sombra de rana!

—¿Y qué querías, si eres un renacuajo?

Cuando salgas de tu casa, procura ir siempre como si fueras a encontrarte con una persona importante.

CONFUCIO

ANSIEDAD

El pollito que sabía nadar

La ansiedad es como un hilillo de temor que corre por nuestra mente. Si se apodera de ella puede convertirse en un torrente que nos arrastre o nos paralice.

Aintzane siempre quiso tener patitos. Se aficionó a ellos yendo a la granja de su abuela.

Una tarde cogió dos huevos de pata y los colocó entre los de una gallina clueca. Al cabo de unos días, vio con emoción que de cada uno de aquellos huevos surgía un pollito.

La gallina salió muy pronto con todos ellos al campo. Los seguía y los protegía, contenta de verlos crecer. Cuando fueron un poco mayorcitos los llevó hasta la orilla del río que pasaba cerca de la granja.

—No os acerquéis a la corriente. Os puede arrastrar —les advirtió la gallina.

Pero los dos patitos, siguiendo su instinto, se metieron en el agua y comenzaron a nadar. La gallina se asustó.

Comenzó a cloquear para llamarlos mientras corría como una loca de un lado para otro.

Los patitos siguieron tan tranquilos. Nadar les producía un gran placer.

La gallina, desesperada, intentó entrar en el agua para salvarlos, pero no sabía nadar y temió que la corriente la arrastrase. Llena de ansiedad, empujó a los demás pollitos hacia el interior de la granja. A los que se rezagaban les daba unos buenos picotazos.

Al ver que sus hermanitos se marchaban, los patitos salieron del agua y los siguieron. Cuando alcanzaron a la gallina, le dijeron:

—No te preocupes por nosotros, madre. No somos como los pollitos de gallina. Sabemos nadar desde que nacemos.

La ansiedad con miedo y el miedo con ansiedad
contribuyen a robarle al ser humano sus
cualidades más esenciales.
Una de ellas es la reflexión.
KONRAD LORENZ

DESPRECIO

La tortuga tenía razón

La tortuga no es un modelo cuando se trata de correr. Pero puede enseñar cosas útiles a los que corren mucho más que ella.

La tortuga vivía oculta entre la maleza en un lugar cercano a una aldea. Muchos animales la despreciaban porque cuando hacían carreras siempre quedaba la última. Solo unos pocos, los que no eran engreídos, la tenían en cuenta. Ella, sin embargo, seguía haciéndoles a todos, incluso a los que se burlaban de su lentitud, un importante servicio.

Como era tan pequeña, lenta, silenciosa y, aparentemente, inofensiva, a menudo se acercaba a la aldea a escuchar las conversaciones de los hombres. Muchos de estos eran cazadores y solo pensaban en nuevas estrategias para atrapar animales. De esa manera, la tortuga conocía de antemano las cacerías que estaban organizándose y salvaba la vida de muchos de los suyos.

Un día descubrió cerca del pueblo una plantación que nunca había visto. Se sintió intrigada. Desde entonces no cesó de espiar las conversaciones de los hombres que trabajaban aquel trozo de tierra. Poco a poco se enteró de que estaban cultivando una planta a la que llamaban «cazaanimales». Ese extraño nombre excitó aún más su curiosidad.

Al comprobar que era flexible y resistente, le dio mala espina, y se lo comunicó a los demás animales.

—Deberíais destruir todas esas plantas antes de que crezcan del todo —les advirtió.

—¿Quién puede tener miedo de un vegetal? —dijeron algunos, burlándose de ella—. Los vegetales no pueden moverse.

—Aun así, tú eres tan lenta que te atraparían de todos modos —apuntaron otros entre risas.

Nadie tenía ganas de molestarse en arrancar aquellas plantas. Y aquellos que se alimentaban de hojas también rechazaron la propuesta porque aquellas no tenían pinta de ser sabrosas.

Cuando las plantas crecieron, los hombres las cortaron y con sus tallos trenzaron cuerdas muy resistentes. Con estas hicieron redes que distribuyeron por el bosque a modo de trampas, en los lugares más inesperados. Pronto cayeron en ellas ciervos, rebecos y otros animales. Ni los tigres se libraron.

La tortuga vio que no tenía nada que temer porque podía cortar las redes con sus potentes mandíbulas.

Aquella planta era el esparto, con el que todavía se hacen cuerdas, sogas y cestos.

Los animales aprendieron en su propia desgracia que era una mala cosa despreciar a la tortuga, pues de haberle hecho caso se habrían librado de ese gran peligro.

Quien cultiva esparto teje, sin saberlo, redes
que pueden atraparlo.

RECHAZO

El orgullo desnudo

A veces hay motivos para la autosatisfacción, pero casi nunca para el orgullo. El que se enorgullece de lo que no le pertenece suele provocar rechazo.

Un murciélago se sentía relegado entre todos los seres capaces de volar. Por eso se dirigió a la reina de las aves, el águila, y se quejó de su mala fortuna.

—Paso mucho frío porque no tengo plumas.

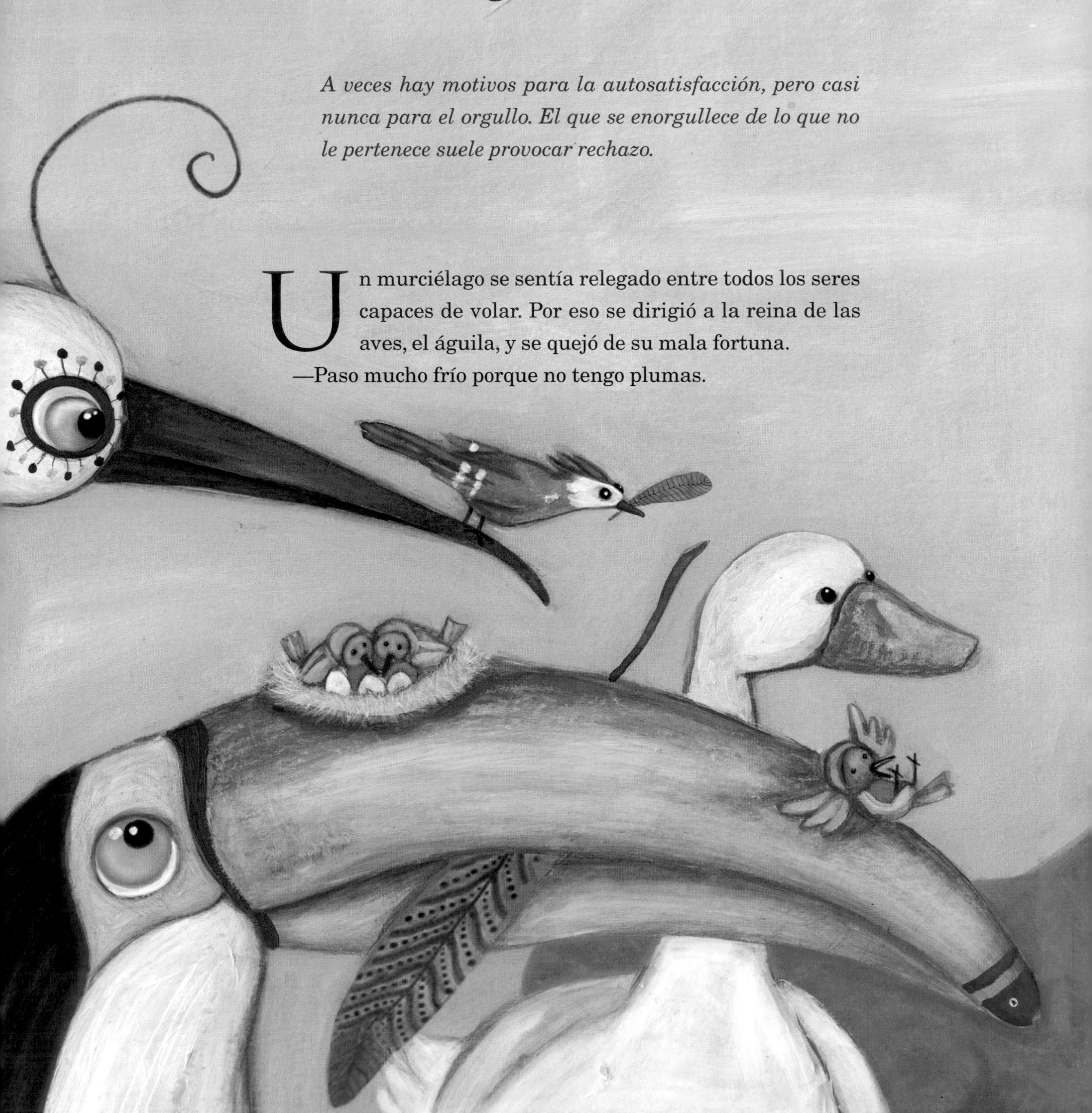

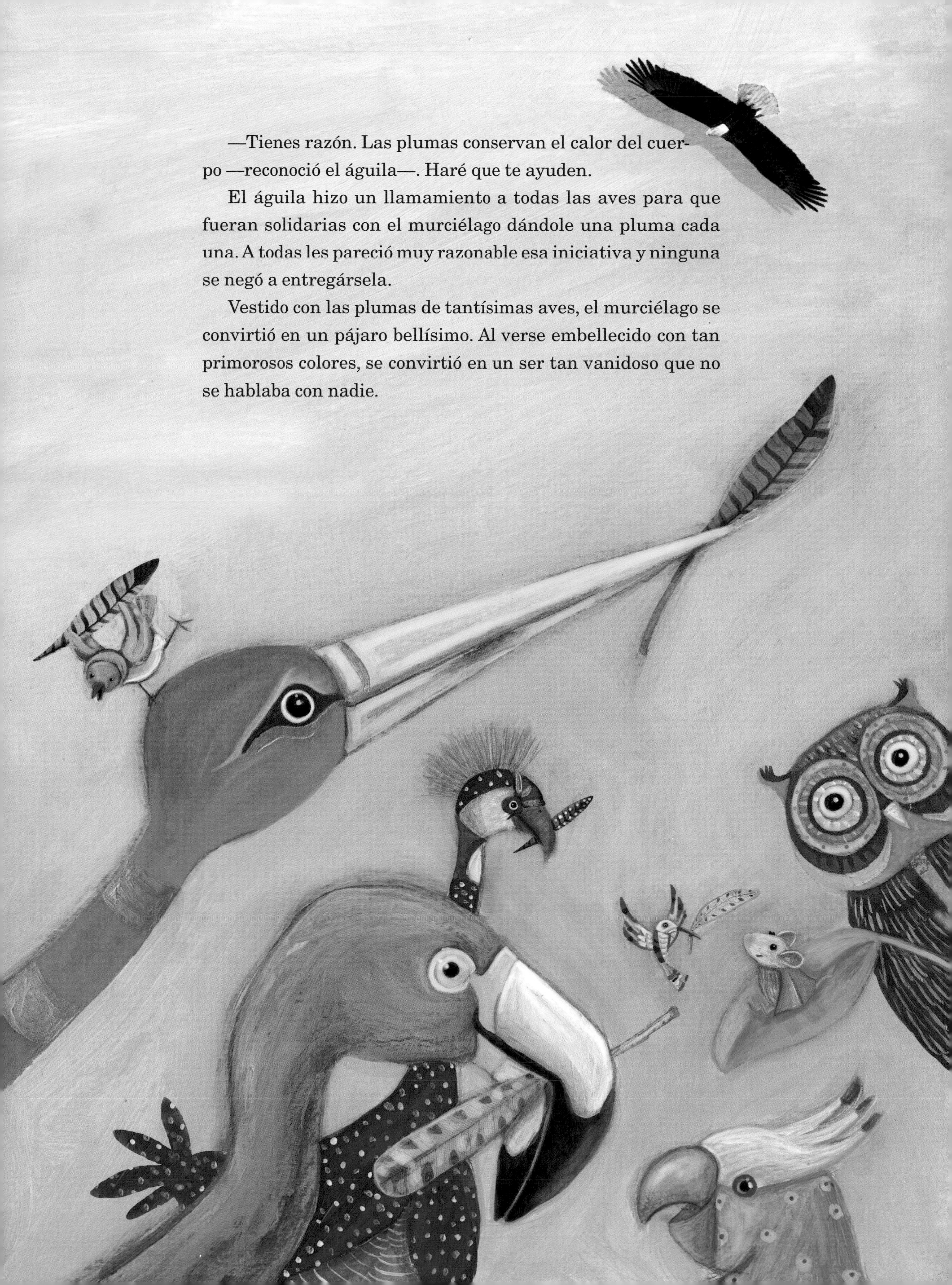

—Tienes razón. Las plumas conservan el calor del cuerpo —reconoció el águila—. Haré que te ayuden.

El águila hizo un llamamiento a todas las aves para que fueran solidarias con el murciélago dándole una pluma cada una. A todas les pareció muy razonable esa iniciativa y ninguna se negó a entregársela.

Vestido con las plumas de tantísimas aves, el murciélago se convirtió en un pájaro bellísimo. Al verse embellecido con tan primorosos colores, se convirtió en un ser tan vanidoso que no se hablaba con nadie.

Muchos pájaros fueron a quejarse al águila del comportamiento de aquel al que habían ayudado.

El águila llamó al murciélago y lo reprendió:

—Muchos de los que te ayudaron se quejan de que te pavoneas y te crees superior a todos ellos. Eso molesta a cualquiera.

—Son unos envidiosos. No soportan que yo sea el pájaro más hermoso del bosque.

El águila se percató de que el murciélago no quería arreglar las cosas, y pensó: «Si es tan bello ¿para qué necesita de nadie?» De modo que comunicó a las aves que podían reclamarle la pluma que le habían entregado.

El murciélago se resistió a devolvérselas. Entonces las aves se abalanzaron sobre él y cada una le arrancó lo que era suyo. El murciélago volvió a quedar desnudo. Por eso no se atreve a salir de día. Tiene que volar de noche para cazar los mosquitos de los que se alimenta.

El mejor modo de vengarse de un enemigo
es no parecerse a él.
MARCO AURELIO

VENGANZA

Por qué el búho se esconde de día

La venganza es como el café, por más azúcar que se le ponga siempre deja un sabor amargo. Satisface por un momento al que se venga, pero a la larga no le hace feliz.

Érase una vez un búho al que se le daba muy bien pintar. Muchos pájaros acudían a él para que les coloreara las plumas. Casi todos alababan su arte. La excepción era el cuervo, que se reía del afán de las demás aves por vestirse de colores.

Un día, sin embargo, sintió envidia de ser diferente de todos los demás y decidió acudir al búho para que también lo pintara.

—Quiero un color que no tenga ningún otro pájaro —pidió.

El búho lo pintó de negro.

—Nadie ha visto plumas del color de las tuyas —dijo el búho.

Cuando el cuervo se vio totalmente negro, se horrorizó. Se enfadó mucho y se lanzó sobre el búho para matarlo.

—¿Has pretendido decir a todos que vivo en una miserable mina de carbón? —gritaba.

Desde aquel día todos los cuervos son de color negro. Pero como conservan memoria de lo que le ocurrió a su antepasado, siguen siendo enemigos acérrimos de los búhos. Estos, que también conocen esa historia, solo salen de noche, cuando los cuervos ya se han retirado a sus nidos a descansar.

Vengándose, uno se iguala a su enemigo;
perdonándolo, se muestra superior a él.
FRANCIS BACON

CONSTELACIÓN DEL AMOR

Ternura - Amistad - Compasión - Lástima

Atracción - Lealtad

La lengua de nuestros padres nos ofrece palabras para dar nombre a las cosas y toda una interpretación del mundo y de la vida. El afecto que acompaña esta transmisión crea lazos que nos hacen felices.

El sentimiento más enriquecedor es el **amor**, *que nos hace personas positivas. Cercana a él hay toda una constelación de sentimientos: ternura, amistad, compasión, lástima, atracción, lealtad... A veces unos invaden el espacio de otros y nos cuesta distinguirlos.*

AMOR

La mariposa verde

El amor es uno de los sentimientos más intensos que experimentan los seres humanos. Se produce cuando se encuentran dos personas que se compenetran y hacen proyectos juntos.

Valdemar, la hija de un tostador de café, se sentía inquieta porque no encontraba un joven de su gusto con quien casarse. Había crecido en el cafetal entre rudos trabajadores, los ruidos de las herramientas agrícolas y las máquinas del tostadero.

Ahora más que nunca echaba de menos con nostalgia la alegría que le producían las dulces canciones que su madre entonaba, las que acompañaron sus años de infancia hasta que ella murió. La joven había llegado a la convicción de que la música era el talismán que le haría descubrir el amor y devolvería la alegría a su vida. Necesitaba a alguien que le cantara.

Desde hacía unos meses bajaba a menudo a la ciudad más cercana al cafetal. Deseaba conocer muchachos de su edad. Deambulando por sus calles, entró en un bar donde un grupo de amigos estaba cantando. Al instante quedó prendada de una voz. Era tan bella que sintió algo parecido a la felicidad que había experimentado de niña oyendo las tonadas de su madre. Pero, cuando terminaron de cantar, aquel joven de voz cautivadora y rostro andino se marchó rápido y ella lo perdió de vista.

Los días siguientes no cesó de buscarlo por todos los locales donde sonaba música. Sospechaba que en alguno de ellos encontraría el amor que buscaba. Sus esfuerzos resultaron infructuosos.

Por fin, una noche fue al auditorio, donde tendría lugar un concierto. Había pagado un asiento en la primera fila para estar cerca de los cantantes. Esperaba que alguna de aquellas voces despertara en ella la ilusión que había sentido días antes al oír a aquel joven. Cuál no sería su sorpresa al escuchar el mismo timbre dulce y a la vez exaltado que había oído en aquel bar. En efecto, se trataba del mismo joven, y estaba en el escenario.

Cantaba una balada que hablaba de una muchacha que había conseguido el amor del emperador de los incas porque llevaba en la pechera de su vestido una mariposa verde.

Valdemar se sintió feliz escuchándolo, pero al cabo de un rato se desilusionó porque el joven de voz encantadora ni se fijó en ella.

A la mañana siguiente visitó a todos los coleccionistas de mariposas. Deseaba una verde, al precio que fuera, pero todas le parecían descoloridas.

—Cualquier belleza de la naturaleza pierde su esplendor cuando se la arranca de su entorno y de la vida —le dijo uno de los coleccionistas.

Entonces la joven ofreció una fortuna al cazador de mariposas para que le consiguiera una viva. Uno de ellos se adentró en la selva y cazó una verde.

Valdemar volvió al auditorio con aquella mariposa aleteando sobre el pecho. Esta vez el joven cantante no le quitó el ojo de encima.

Al final de la función, se acercó a ella y le dijo:

—Deja que esa mariposa vuele libre en el jardín. Ya me ha señalado la dulce flor adonde he de ir a libar para ser mejor cantante aún.

La alegría de la joven no tenía límites. La música le había ayudado a encontrar el amor que buscaba.

Un hombre se moría de sed junto a una fuente, hasta que una joven viajera que llegó en aquel momento le hizo ver que los juncos cercanos indicaban que allí había agua. Se acercaron los dos a la fuente y bebieron juntos.

¡Tan diferentes y, sin embargo, amigos!

La amistad consigue la maravilla de hacer de muchos uno solo. El que tiene amigos se siente fuerte y capaz de enfrentarse a grandes tareas.

Aunque parezca mentira por ser tan diferentes, un ciervo, un ratón y un mirlo se habían hecho muy amigos. A menudo se les podía ver juntos.

Cuando el ciervo se tumbaba en el bosque a descansar, el ratón se plantaba ante él para que le llegara el airecillo

cálido que salía de su nariz y el inquieto mirlo saltaba de una rama a otra de sus cuernos.

Hacía días que un cazador seguía el rastro del ciervo. Quería cazarlo. A sus dos amigos no los tenía en cuenta, como si no existiesen.

Cuando supo dónde se reunían, el cazador dispuso, a modo de trampa, una gruesa red de cuerda sobre un agujero abierto en el suelo.

El ciervo, que pastaba cuando ya estaba oscureciendo, no vio la red y quedó enganchado en ella por los cuernos. Entonces pidió ayuda a su amigo el ratón. Este corrió a liberarlo todo lo rápido que pueden correr los ratones. Llegó muy tarde, al amanecer, pero aún consiguió roer las cuerdas para liberar al ciervo.

El mirlo vio entonces que el cazador iba a atrapar a sus amigos, y comenzó a volar sobre él. Confiaba en distraerlo y así ganar tiempo para que aquellos huyesen.

El cazador llegó a la red que había colocado días antes y comprobó que estaba rota. «Ha caído alguna presa pero la han liberado», pensó con rabia, y apuntó con su escopeta al mirlo, que seguía sus pasos desde una rama. Y probablemente lo habría matado si no hubiera tropezado con el ratón, que se le había puesto delante.

Furioso, lo cogió y lo metió en un saco que llevaba.

—Ya verás cómo juega contigo mi hijo pequeño —masculló en tono de amenaza.

El cazador decidió volver a su casa, pero tenía hambre y se detuvo bajo un manzano. Dejó el saco en el suelo y se puso a comer las manzanas más maduras que encontró.

Estaba tan distraído que no vio que el ciervo se acercaba por detrás y se llevaba el saco colgado de un cuerno. Una vez en el bosque, el mirlo abrió el saco a picotazos para que saliera el ratón.

Los tres amigos celebraron juntos que la amistad los había hecho más fuertes que un cazador, aunque este llevara escopeta.

Quien encuentra un amigo encuentra un tesoro.
ECLESIASTÉS

ATRACCIÓN

La pastilla milagrosa

Hay personas admirables que ejercen un gran poder de atracción. Pero para llegar a ser como ellas hay que recorrer el mismo arduo camino que ellas recorrieron.

En las Montañas Azules se había instalado un ermitaño. Hablaba poco pero ayudaba a los campesinos de los alrededores en todo lo que le pedían. Con los años, su fama de hombre sabio y generoso llegó a todos los rincones de aquellas regiones.

Muchos acudían a la cueva donde vivía para pedirle consejo. Su bondad y su sabiduría atraían cada vez a más gente.

Un joven que quería imitar su vida salió un día a su encuentro. Un fuerte impulso interior le empujaba a actuar como aquel monje solitario.

—Dicen que da unas pastillas a quien se las pide con las que uno consigue cuanto desea.

El monje miró el fondo del corazón del muchacho tratando de adivinar sus intenciones y le dijo:

—Si me dices lo que quieres conseguir, sabré lo que necesitas.

—Quiero tomar algo que me permita adquirir lo que no tengo: serenidad y amor a Dios.

—Lo único que a mí me permite vivir serenamente es ayudar a mis semejantes.

El joven se marchó desanimado. Había esperado que el ermitaño le diera algo mágico que permitiera ser como él sin ningún esfuerzo.

El imán atrae en línea recta.

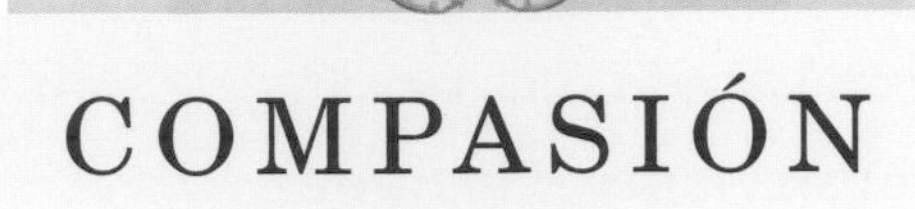

COMPASIÓN

El escultor de sí mismo

Hay quien vive tan centrado en lo que le ocurre que no tiene en cuenta a los demás. Por lo tanto, no puede compartir sus penas y es incapaz de ser compasivo.

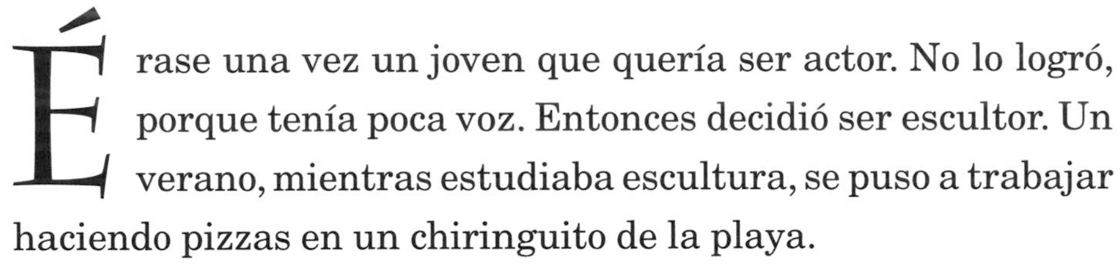

Érase una vez un joven que quería ser actor. No lo logró, porque tenía poca voz. Entonces decidió ser escultor. Un verano, mientras estudiaba escultura, se puso a trabajar haciendo pizzas en un chiringuito de la playa.

Pronto adquirió una curiosa costumbre. Al acabar su trabajo, con la masa que le había sobrado hacía una figura de sí mismo. Así se ejercitaba en el arte de esculpir. Además, abrigaba la secreta esperanza de que algún hombre rico y sensible viera su obra y le encargara unas esculturas que lo harían famoso.

Al día siguiente, sin embargo, nunca encontraba su figura completa. Madrugadores pájaros hambrientos se alimentaban de la pasta de que estaba hecha.

Una mañana, un reflexivo paseante lo sorprendió contemplando cómo habían dejado su escultura las voraces aves y le dijo:

—Hoy te han comido la nariz, pero un día te comerán los ojos y no podrás ver.

Muchos de los que habían observado lo que hacía se reían. Dos jóvenes bromistas fueron más lejos: mancharon la figura con pintura roja que parecía sangre.

El joven aprendiz de escultor creyó que aquello era un aviso y por la noche, en lugar de colocar su figura hecha con masa, se

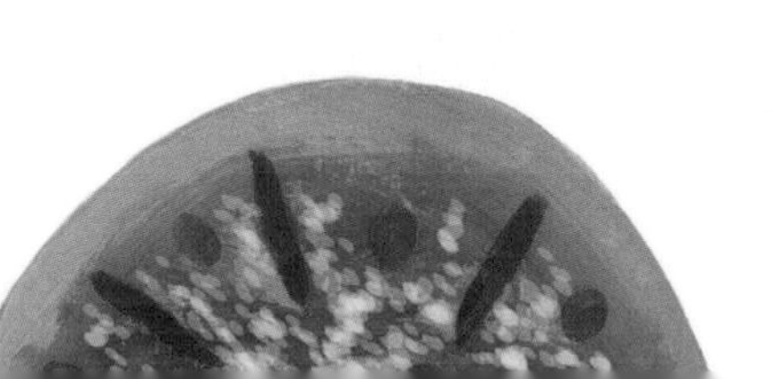

tendió él mismo en la arena. Se quedó dormido y no se despertó hasta que, ya de madrugada, llegaron los pájaros a buscar su ración de cada día.

—Si queréis algo de mí, decídmelo claramente —los desafió.

Uno de los pájaros, para sorpresa del joven, contestó:

—Esperando la fama, te has olvidado de la gente. Sería mejor que con la masa que utilizas para moldear una figura de ti mismo hicieras panes para quienes los necesitan. El mejor modo de crear tu propia imagen es hacer algo por los demás.

El joven aprendió muy bien la lección: «Los demás ven tu belleza cuando tú te olvidas de ella.»

Dios ama todavía al mundo y nos envía a ti y a mí
para que seamos su amor y su compasión
por los pobres.
MADRE TERESA DE CALCUTA

LEALTAD

El papagayo leal

Con frecuencia la rutina no nos de deja ver lo más evidente; por ejemplo, que no se es leal a un amigo a quien se retiene a la fuerza.

Un hombre tenía que hacer un viaje de negocios a un lejano país. Su papagayo, que procedía de aquel lugar, le dijo:

—Probablemente verás muchos papagayos, algunos conoci-

dos míos. Salúdalos de mi parte y cuéntales cómo vivo en tu casa.

El comerciante quiso cumplir con el encargo y reunió a toda una bandada de papagayos. En cuanto les hubo contado que el suyo vivía en una jaula preciosa, uno de ellos cayó fulminado.

Al regresar del viaje, el hombre relató a su papagayo lo que había ocurrido mientras contaba su vida a sus compatriotas. De repente, el ave también cayó al suelo y allí quedó tendida.

—He perdido un tesoro —se lamentó el hombre sin poder contener el llanto—. Mi papagayo, lo mejor que tenía, ha muerto. Me escuchaba, me hacía compañía, alegraba mi vista con sus plumas de colores...

Conmocionado aún por lo que acababa de ocurrir, abrió la jaula para sacar el cuerpo del ave cautiva. Entonces, esta se incorporó y salió volando.

Desde una rama del árbol que había frente a la casa dijo a su amo:

—¡Por fin soy libre! El papagayo del que me hablaste me mostró cómo conseguir la libertad. Por lealtad a los suyos, quiso ayudarme. Se hizo el muerto para indicarme lo que yo debía hacer. Me he limitado a seguir su consejo.

El hombre reflexionó: «Esta historia me ha enseñado que no se puede conseguir la lealtad de nadie por la fuerza. Nunca más tendré un pájaro enjaulado. Buscaré alguno que quiera estar conmigo, pero lo dejaré vivir a su manera.»

Solo el que manda con amor es servido
con lealtad.
FRANCISCO DE QUEVEDO

TERNURA

Se acabaron las lágrimas

Una lección dada con suavidad a un niño es más eficiente que otra impuesta por la fuerza, porque llega al fondo del alma.

En un pueblecito de los montes Cárpatos nació un hermoso niño. Lo llamaron Joel. A pesar de que lo cuidaban muy bien, lloraba mucho, y sus padres confiaban en que, al crecer, cambiaría.

Su madre, agotada de no dormir, iba recogiendo sus lágrimas en un frasco.

Cuando fue mayorcito y ya lloraba menos, se cayó en la nieve y se rompió el codo del brazo izquierdo.

Aquello le causó tanto dolor que volvió a llorar muchísimo. Un especialista lo operó muy bien, pero él seguía quejándose, entre sollozos, de que le dolía el brazo y no lo utilizaba con normalidad. Nadie se explicaba de dónde le salían tantas lágrimas.

Su madre volvió a sufrir el mismo martirio que cuando Joel

era muy pequeño. Habría dado cualquier cosa por arrancarle de raíz su costumbre de llorar. Convencida de que su hijo ya no lloraba de dolor sino del recuerdo de lo mal que lo había pasado, volvió a recoger también estas lágrimas.

Un día se le ocurrió añadir a las lágrimas un poco de hollín. Mostró a su hijo aquel líquido completamente negro y dijo:

—Todos llevamos dentro dos lagos; uno de risas y otro de dolor. Con estas últimas lágrimas ya te ha salido toda la negrura del dolor que te quedaba dentro.

Sin embargo, pasados unos días, Joel volvió a llorar. Su madre volvió a recoger sus lágrimas en otro frasco y esta vez les añadió perfume de rosas.

—¿Has visto, Joel? Tus lágrimas ya salen perfumadas —le dijo.

El chico exclamó, sorprendido:

—¡Qué bien huele! Sí, huele a rosas.

Su madre lo llevó al jardín y le explicó:

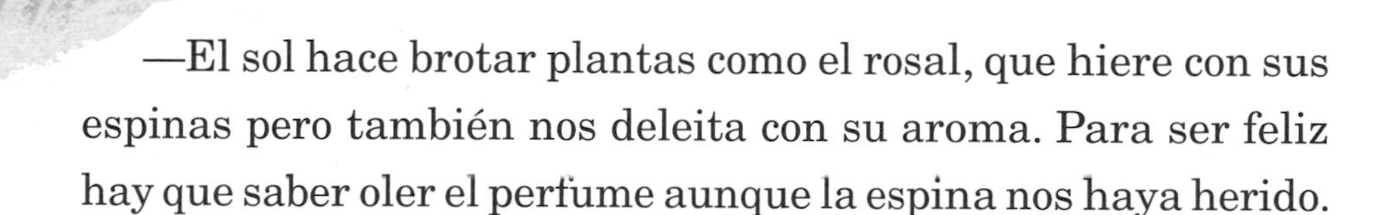

—El sol hace brotar plantas como el rosal, que hiere con sus espinas pero también nos deleita con su aroma. Para ser feliz hay que saber oler el perfume aunque la espina nos haya herido.

Nada es pequeño en el amor. Aquellos que esperan las grandes ocasiones para dar pruebas de su ternura no saben amar.
LAURE CONAN

CONCLUSIÓN

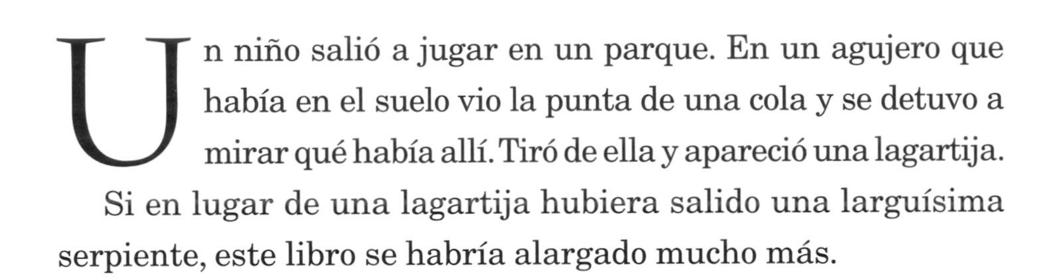

Un niño salió a jugar en un parque. En un agujero que había en el suelo vio la punta de una cola y se detuvo a mirar qué había allí. Tiró de ella y apareció una lagartija.

Si en lugar de una lagartija hubiera salido una larguísima serpiente, este libro se habría alargado mucho más.